N
W
E
S

親子で楽しむ

ベッドタイム・ストーリー

作・小松原宏子

絵・吉田ようこ

Forest Books

目次

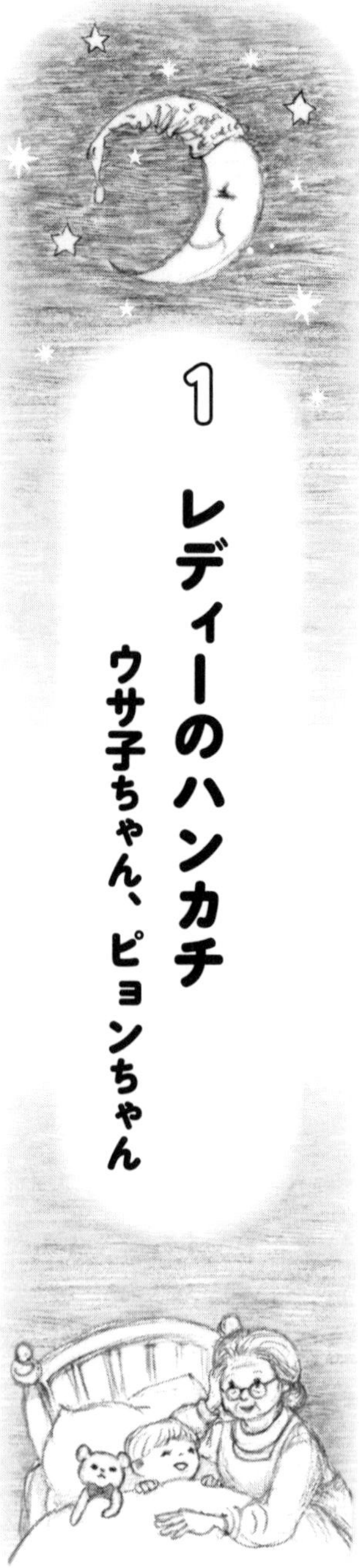

1 レディーのハンカチ ウサ子ちゃん、ピョンちゃん

ある日、うさぎのウサ子ちゃんと妹のピョンちゃんは、お母さんにおつかいをたのまれました。

「森のむこうのおばあちゃんのおうちに、パンとぶどう酒を届《とど》けてくれる？

ふたりとも、より道してはいけませんよ」

お姉さんのウサ子ちゃんも、妹のピョンちゃんも、元気よく、

「はーい！」

と、手をあげました。

お母さんは、ぶどう酒とパンの入ったバスケットをふたりに渡《わた》して送り出しまし

た。

「暗くならないうちに帰って来るんですよ。あと、ハンカチはもちましたか？ちゃんとしたレディーはハンカチを忘《わす》れないものですよ」

お母さんは、きれいにアイロンのかかったハンカチをウサ子ちゃんにもたせてくれました。

それを見ていたピョンちゃんが、ぴょんぴょんはねながら、

「ピョンちゃんも、ハンカチほしい！」

といいました。

するとお母さんは、家の中にもどり、真新しいレースのハンカチをもってきて、ピョンちゃんに渡《わた》しました。

「そうね。ピョンちゃんも、そろそろレディーの仲間《なかま》入りですものね」

ピョンちゃんは、大喜《おおよろこ》びでレースのハンカチをポケットにしまいました。

さて、ウサ子ちゃんとピョンちゃんは、はりきっておばあちゃんのおうちに出かけて行きました。

森をよこぎる道の両がわには、きれいな花がたくさん咲《さ》いています。

「つんでいこうか」

「そうだね。おばあちゃんへのおみやげに、ね」

ふたりはしばらく花をつむのに夢中《むちゅう》になっていましたが、お姉さんのウサ子ちゃんは、とちゅうでお母さんの言葉を思い出しました。

「しまった！　より道しちゃいけないんだった。ピョンちゃん、急ぐよ！」

ウサ子ちゃんは、ピョンちゃんの手をひいて、おばあちゃんの家まで走って行きました。

1　レディーのハンカチ

森のはずれの一軒家《けんや》で、おばあちゃんはふたりが来るのを、首をながくして待っていました。

「あんまり遅《おそ》いから、オオカミに食べられちゃったかと思ったわ」

おばあちゃんは、にこにこしていいました。

「先に食べられちゃうのは、おばあちゃんですよ」

ウサ子ちゃんも笑《わら》いながらいいました。ピョンちゃんは、びっくりしたように目をまるくしました。

「おばあちゃん、食べられちゃったの!?」

ウサ子ちゃんは思わず吹《ふ》き出しました。

「ばかねえ。食べられちゃったら今ここにいるわけないじゃないの。ピョンちゃんたら、『赤ずきんちゃん』のお話、知らないの?」

ウサ子ちゃんがいうと、ピョンちゃんは、

「知らない」

と、しょぼんとしてしまいました。すると、おばあちゃんが、手まねきでピョンちゃんをよんでいいました。

「それでは、お話ししてあげましょう。ここにいらっしゃい。昔々、あるところに、ね……」

おばあちゃんがお話をしているあいだ、ウサ子ちゃんは、テーブルをふき、ティーポットとカップを出してお茶の用意をしました。それから、お湯をわかすあいだに、台所にあったよごれものをぜんぶ洗《あら》い、ついでに床《ゆか》の掃除《そうじ》もしました。

もどって来ると、『赤ずきんちゃん』のお話は終わっていました。

けれど、おばあちゃんは、お話をあまり知らないピョンちゃんのために、『白雪姫《しらゆきひめ》』の話を始めています。

ウサ子ちゃんは、窓《まど》の外の洗濯《せんたく》物が乾《かわ》いているのを見つけ、とりこみに行きました。タオルやハンカチから、おひさまの香りがします。

ウサ子ちゃんは、とりこんだ洗濯《せんたく》物をきちんとたたんで重ねました。

そのあとようすを見に行くと、おばあちゃんは、『ピノキオ』の話をしていました。ピョンちゃんは、おばあちゃんの足元にすわったまま、目を輝《かがや》かせてお話を聞いています。

ウサ子ちゃんは、小さくため息をつくと、今度はハンカチにアイロンをかけ始めました。

きれいに仕上がったハンカチを見て、ウサ子ちゃんは大満足《だいまんぞく》でした。おばあちゃんはきっと喜《よろこ》んでくれるでしょう。お母さんにだって、ほめてもらえるにちがいありません。

ところが、また見にいくと、お話はまだ続《つづ》いていました。

ピョンちゃんは、『シンデレラ』の話を、夢中《むちゅう》になって聞いています。

ウサ子ちゃんも一緒《いっしょ》にお話を聞きたいと思いました。でも、なんのお手伝《てつだ》いもせずにずっとすわったままのピョンちゃんを見たら、なんだか腹《はら》がたってきました。

ウサ子ちゃんは、つかつかとふたりのところへ行っていいました。

「おばあちゃん、ピョンちゃんがなにもしないで、すわっているのを見て、なんとも思わないんですか⁉」

おばあちゃんもピョンちゃんも、急にウサ子ちゃんが大きい声を出したので、びっくりして目をぱちくりさせました。

でも、ウサ子ちゃんは、一度声をあげたとたん、胸《むね》からあふれ出るものが止まらなくなってしまいました。

「ピョンちゃんは、いつだってこうなんです。わたしになんでもやらせて平気なんです。……お母さんも、そう。

わたしはいつも、ひとりでがんばって、たくさん働《はたら》いてるのに、だれもほめてくれない。わたしがやるのがあたりまえだと思ってる……」

そういいながら、とうとうウサ子ちゃんは、ぺたんと床《ゆか》にすわって泣《な》きだしてしまいました。

そんなつもりではなかったのに、あとからあとから涙《なみだ》がわいて出てきます。

今まで妹のために我慢《がまん》してきたことが、次から次へと思い出されてきました。そして今日、自分は何度も洗濯《せんたく》して古くなったハンカチをもたされたのに、ピョンちゃんは新しいレースのハンカチをもたせてもらったことも……。

「おおーん、おおーん、妹なんて、いらなかったよう……！」

ウサ子ちゃんが思いっきり大きな声で泣《な》いたので、うさぎのおばあちゃんは、おろおろしてしまいました。

「ウサ子ちゃん、ウサ子ちゃん、泣《な》かないで」

おばあちゃんは、ウサ子ちゃんのふるえる肩《かた》をだきながら、いっしょうけんめいなぐさめようとします。

すると今度は、ピョンちゃんまでが大きな声で泣《な》きだしました。

「うおーん、うおーん」

おばあちゃんはもう、すっかりおろおろしてしまいました。

「あらまあ、ピョンちゃんまで。どうしましょう」

おばあちゃんは、片方《かたほう》の手でウサ子ちゃんの肩《かた》を、もう片方《かたほう》の手でピョンちゃんの肩《かた》をだきながら、途方《とほう》にくれてしまっています。

「こまったねえ……お話なんて、しないほうがよかったかしらねえ……」

そう思ったら、おばあちゃんまで悲しくなってしまいました。

おばあちゃんの、しわだらけの顔に、ぽろぽろと涙《なみだ》が流れます。

それを見て、ウサ子ちゃんは、はっとしました。

そして、ポケットからハンカチを出して、おばあちゃんの涙《なみだ》をそっとふきました。

それから、ピョンちゃんの涙《なみだ》と鼻水もふいてやりました。

お母さんがもたせてくれた「レディーのためのハンカチ」は、ふたりの涙《なみだ》でくしゃくしゃになってしまいました。ウサ子ちゃんはがっかりして、ますます悲しくなりました。

そのときです。きれいなハンカチがそっと差《さ》し出されました。

ウサ子ちゃんは、目をぱちくりさせてそのハンカチを見つめました。新しいレースのハンカチです。でも、そう思う間もなく、ウサ子ちゃんの涙《なみだ》はピョンちゃんのふわふわの手でふかれたのでした。

ハンカチは二枚《まい》とも、くしゃくしゃになってしまいました。

「お母さんにしかられないかな」

帰りぎわに、ウサ子ちゃんが心細そうにいうと、おばあちゃんがふたりに別《べつ》のハンカチをもたせてくれました。

「はい、これをもっていきなさい。『ハンカチはレディーのたしなみ』って、あなたたちのお母さんに教えたのは、このわたしなんですからね」

帰りは、森をぬけるのがこわいので、遠回りして、人間のおうちがあるほうを通って帰りました。

暗くなる前に帰るようにいわれていたのに、すっかり遅《おそ》くなってしまっています。

紫《むらさき》色になりかけた東の空に、明るい星がひとつふたつ姿《すがた》をあらわしました。

森のすぐそばの桐戸《きりと》さんのおうちには、ウサ子ちゃんが好《す》きなまあさちゃんとまりあちゃんの姉妹が住んでいます。

その家の窓《まど》に灯《あか》りがともるのを見て、ウサ子ちゃんとピョンちゃんは、急いでいた足をふと止めました。

窓《まど》から、まあさちゃんとまりあちゃんの姿《すがた》が見えます。それともうひとり。遠くに住んでいるはずの、ふたりのひいおばあさんです。

今夜はどうやら、久《ひさ》しぶりに泊《と》まりに来ているようです。

ウサ子ちゃんとピョンちゃんは、窓《まど》の下まで近づいて行って、つま先立ちになって中をのぞきました。

ひいおばあさんは、編《あ》み物をしながら、まあさちゃんとまりあちゃんに自分が若《わか》かった頃《ころ》の話を聞かせています。

「……それでね、だから、そのときわたしはおじいさんにこういったの。『たいせつなものは多くはなくて、ひとつだけ』ってね。そしたら、おじいさんは……」

窓《まど》の下で、ピョンちゃんがささやきました。

「あの話、前にもしてたよね」

ウサ子ちゃんは、人差指《ひとさしゆび》を口にあてて、「しっ！」といいました。

ひいおばあさんの話が続《つづ》きます。

「おじいさんは、にっこり笑《わら》ってこういったの。『それできみは良《よ》いほうを選《えら》んだんだね』って。そのとき、わたしは、『この人と結婚《けっこん》するかもしれない』って思ったのよ」

桐戸《きりと》姉妹のひいおばあさんは、この家に来るたびにこの話をします。ウサ子ちゃんは、何度聞いてもここのところが好《す》きでした。ひいおじいさんがプロポーズをする前から、ひいおばあさんはひいおじいさんを選《えら》んでいたのです。

でも、いつも同じ話だからでしょうか。お姉さんのまあさちゃんは、一番いいところで立ってお茶をいれに行ってしまいました。妹のまりあちゃんは、そのまま目をキラキラさせて話に聞き入っています。

「まりあもたまにはお手伝《てつだ》いしてよ」

まあさちゃんが、お茶を運んで来ながら文句《もんく》をいいました。夢中《むちゅう》で聞いているまりあちゃんの耳には入っていないようでしたが、ウサ子ちゃんは残念《ざんねん》そうに口をとがらせました。

そんなことをいわなければ、熱々《あつあつ》のお茶は、ひいおばあさんをもっと喜《よろこ》ばせたにちがいないからです。

でも、ウサ子ちゃんは、すぐにまたお話に耳を傾《かたむ》けました。だって、次はいつ聞けるかわからないのですから。

そして、もう二度と聞けない日が来るかもしれないのですから。

お話が終わってから、ウサ子ちゃんとピョンちゃんは手をつないで帰りました。

うさぎのおばあちゃんのハンカチからは、おひさまの香《かお》りがしました。

ウサ子ちゃんが心をこめてアイロンをかけた、あのハンカチでした。

1　レディーのハンカチ

2 さいしょがさいご？ ブン子ちゃん、カー太郎

ある日、文鳥のブン子ちゃんは、森の図書館の勉強会からプンプン怒《おこ》りながら帰ってきました。

ブン子ちゃんは、鳥たちのたまり場である公園の木のうえに舞《ま》いおりたとたん、せきをきったように、今日のことをしゃべりはじめました。

「ふくろう先生ったら、ひどいんだよ。今日、帰るときに『来た順番《じゅんばん》にキャンディーをあげます』っていうから、はりきって一番前にならんだのに、もらえたのさいごなんだから。あたし、今日も一番に行ってたのに」

スズメのすずちゃんが、ふしぎそうに首をかしげました。

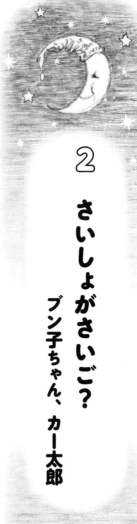

「一番前にならんだのに、どうしてさいごなの？」

ブン子ちゃんは、ぷっとほっぺたをふくらませていいました。

「うしろから配ったんだよ！　ありえなくない？　さいごに遅《おく》れて入ってきたカラスのカー太郎《たろう》が一番先にもらったんだよ！　それで思いっきり文句《もんく》いったら、ふくろう先生へんなこというの。

『あとの者は先になり、先のものはあとになる』だって。

おかしいよね。先の者が先でしょ、ふつう！」

すると、地面でひなたぼっこしていたカメのカメオが、むっくり首をもたげてきました。

「いやあ、いいことばだ。『あとの者が先になる』……うちのご先祖《せんぞ》さまもそれでウサギに勝ったんだぜ」

ブン子ちゃんはツンとして、枝の上からカメオを見下ろしました。

「たまたまウサギが昼寝《ひるね》したからでしょ」

するとカメオは、チッチッと前足をふってみせました。

「ちがうんだなあ。競走《きょうそう》しているとちゅうに川があったんだよ。ウサギは遠回りして橋があるところまで行ったから遅《おく》れたけど、カメは泳いでわたったから先にゴールに着いたのさ」

カメオは得意《とくい》そうにいいましたが、すずちゃんに、

「それこそ、ずるくない？」

といわれると、首をひっこめて、こうらの中に入ってしまいました。

「こないだ、テレビのお話でそういってたんだけど」

カメオのもごもごした声でのいいわけは、だれも聞いていませんでした。

ブン子ちゃんの怒《いか》りはなかなかおさまりません。カー太郎《たろう》が先にキャンディーをもらったことが、どうしてもゆるせないのです。

すずちゃんは、心配そうにいいました。

「ふくろう先生に、わけを聞いてみなかったの？」

するとブン子ちゃんは、口を、いいえ、くちばしをとがらせていいました。

「聞いたわよ。そしたら、かたまっちゃったの。キャンディーを配り終えたとたんに。ともかく、ぴくりとも動かなくなっちゃったのよ。あれ、ぜったい寝《ね》たふりだわ！」

すずちゃんは、ちょこんと首をかしげました。

「ふくろう先生は夜のほうが元気なんじゃない？　夕方の会にもう一回行ってみたら？　ちゃんと話してくれるかも」

でも、ブン子ちゃんは、ひややかにいいました。

「夕方なんていやよ。あたし鳥目なのに」

そこへ、ブン子ちゃんの幼《おさ》なじみである、文鳥のブン太が飛んできました。

「やあ、ブン子。こわい顔してなんの話してるんだい？」

すずちゃんが、うれしそうに羽をバタバタさせました。ブン太のことが大好《だいす》きなのです。

「あのね、あのね、ブン子ちゃん、怒《おこ》ってるの。先にキャンディーもらいたかったのに、カー太郎《たろう》が……」

するとブン子がさっと手を、いえ、羽を出して、すずちゃんのくちばしをふさいでしまいました。

「そんなんじゃないのよ。ただね、ふくろう先生がわけわかんないこというから……。『あとの者が先になり、先の者があとになる』とかナントカ」

ブン子ちゃんがいうと、ブン太はなあんだ、という顔でいいました。

「それなら知ってるよ。本町通りの映画館《えいがかん》のことだぜ。ついておいで。見せてやるよ」

ブン太は、来たときと同じように、さっと空高く舞《ま》いあがりました。ブン子ちゃんもあとについてはばたきました。

「まって、わたしも！」

すずちゃんもいっしょに飛《と》びたちました。

地面のうえで、カメオがこうらから首を出しました。そして、うらやましそうにみんなの姿《すがた》が小さくなるまで見送っていました。


さて、本町通りにつくと、ブン太とブン子ちゃんとすずちゃんは、なかよくならんで、映画館《えいがかん》のあるショッピングモールの前の電線にとまりました。

「見える？　このビルの六階に映画館《えいがかん》があるんだ」

ブン太が得意《とくい》そうにせつめいします。

「映画館《えいがかん》に行くには、一階でチケットを買ってから、あのエレベーターに乗って六階まで行く。六階でおりたら、チケットを切ってもらって、好《す》きな席《せき》にすわるのさ。つまり、先に来た人がいい席《せき》にすわれるわけだ。わかる？」

そこへ、ブン子ちゃんの飼《か》い主《ぬし》の中学生、桐戸《きりと》まあさちゃんがやってきて、おりてきたからっぽのエレベーターに一番に乗りました。

あとから、ほかのお客さんも次々にやってきて乗り込《こ》みました。

まあさちゃんは、奥《おく》へ、奥《おく》へ、とおしこまれていきます。

さいごに、まあさちゃんの妹のクラスメイトの黒田太郎《たろう》くんが走ってきて、すべりこみセーフでとびこんできました。

「あ、あの男の子、知ってる！　カラスのカー太郎《たろう》によくパンをやってるやつよ！」

ブン子ちゃんが、にくらしそうにいいました。

エレベーターは透明《とうめい》なガラスでできていて、一番奥《おく》のまあさちゃんがガラスごしに外の景色《けしき》を見ているのが見えます。ブン子ちゃんに気がついてくれるでしょうか。

ブン子ちゃんは、羽をバタバタさせましたが、まあさちゃんは電線ではなく、遠

くに流れる雲や緑の山々を見ているようです。

やがてエレベーターは六階に着きました。

とびらが開くと、一番あとにすべりこんだ黒田くんが一番先におりて、走って映《えい》画館《がかん》の中に入って行きました。

「あっ、あいつが一番いい席《せき》をとっちゃうわ！」

ブン子ちゃんは、また羽をバタバタさせました。今度は、まあさちゃんに見てもらいたいからでなく、あまりに怒《おこ》って興奮《こうふん》したからです。

まあさちゃんは、そんなブン子ちゃんの気もちを知ってか知らずか、ほかのお客さんがおりたあとで、さいごにゆっくりエレベーターを出て行きました。

「不公平《ふこうへい》だわ！」

ブン子ちゃんはますます怒《おこ》って、顔がまっかになりました。

「一番先に来たまあさちゃんが、一番あとになるなんて！」

ブン太は、得意《とくい》そうにいいました。

「ほらな。『あとの者が先になり、先の者があとになる』だろ」

「ゆるせない！」

ブン子ちゃんがさけんだとき、今度は、まあさちゃんの妹で小学生のまりあちゃんがやってきました。

まりあちゃんも一番先にエレベーターに乗り込《こ》みました。そしてまた、次々とほかのお客さんがあとから乗ってきます。

「まりあちゃん、先に乗ったら損《そん》するからだめ！」

ブン子ちゃんは、また羽をばたつかせました。その声が聞こえたのか、まりあちゃんは、奥《おく》には行かず、とびらのそばに立っています。

ほかのお客さんは、まりあちゃんの横を通って奥《おく》につめていきました。

「そう、そう」

ブン子ちゃんは、満足そうにうなずきました。また透明《とうめい》のエレベーターが六階につきました。

ところが、まりあちゃんは、とびらが開いてもおりずに、ほかのお客さんを先に行かせています。まりあちゃんは、みんながおりるまで「開《かい》」のボタンを押《お》してあげていたのでした。

「ああ、また、さいごに……」

ブン子ちゃんは、がっかりしてため息をつきました。今度もまた、先にエレベーターからおりたお客さんが、いい席をとってしまったことでしょう。

「もう、怒《おこ》った！」

ブン子ちゃんは、いきなり空に舞《ま》いあがりました。ブン太があわててそのあとを追います。スズメのすずちゃんも羽をひろげ、ブン太のあとからついて行きました。

日が暮《く》れるころ、ブン子ちゃんは、また森の図書館にあらわれました。鳥目のブン子ちゃんが夕方の勉強会に来るのは、めったにないことです。

勉強が終わると、ブン子ちゃんは、ふくろう先生のところまでつかつかと歩いていっていいました。

「先生、わたし、絶対《ぜったい》に納得《なっとく》できないことがあるんですけど」

そして、映画館《えいがかん》のエレベーターの話をしました。

「だから、先の者があとになっちゃいけないんです。いい席《せき》がとれなくなります」

すると、ふくろう先生は、ふわっふわっふわっとわらっていいました。

「ブン子ちゃん、あの映画館《えいがかん》の席《せき》はな、指定席《していせき》なんじゃよ」

「へっ？　シテイセキ？」

「そう。先にチケットを買った人に、ちゃんといい席《せき》を用意してとってあるんじゃ」

「あ……そうなんですか」

ブン太はそんなことといってくれませんでした。ブン子ちゃんは、ちょっとはずかしくなりました。でも、いいたいことはほかにもあります。

「先生、わたし、今朝の勉強会で、一番先に来たのに、キャンディーをさいごにもらったのは納得《なっとく》できません。

めったに来なくて、来ても遅刻《ちこく》ギリギリのカー太郎《たろう》がさいしょにもらえて、皆勤《かいきん》賞《しょう》のわたしがさいごになるのは、おかしくないですか？　キャンディが足《た》りなくなったらどうしよう、って、ずっとヒヤヒヤしてました」

すると、ふくろう先生はゆっくりとうなずいていいました。

「そう。だからこそ、うしろから配ったんじゃよ。もし、キャンディーが足《た》りなくなっても、早めに来るような子たちは来週もまた来るからね。そのときに二つあげることもできる。

でも、いつ来るかわからないような子には、今日あげないと、もう渡《わた》せないかもしれない。だから、遅《おく》れて来るような子に先にあげておいたんじゃ」

ブン子ちゃんは、拍子《ひょうし》ぬけしたようにまばたきしました。

「え。じゃあ……文句《もんく》いったりしなくても、わたしはちゃんとキャンディーがもらえたんですね」

もりの
としょかん

「そう」

ふくろう先生はにっこりわらっていいました。

「映画館《えいがかん》の指定席《していせき》も同じじゃよ。ちゃんとチケットを買っておけば、あわてなくていいんじゃ。神さまの国と同じじゃよ。

先に神さまに招《まね》かれた人には、ちゃんとその人の席《せき》がある。だから、先の人は安心して暮《く》らせる時間が長いんじゃよ。あとから来た人が先に席《せき》についても怒《おこ》ることはないんじゃ。

とちゅうの景色《けしき》をゆっくりながめてもいいし、ボタンを押《お》してほかの人を先に行かせてあげることもできるんじゃよ」

それを聞いて、ブン子ちゃんもにっこりしました。

「わかりました。やっぱりエレベーターのことだったんですね」

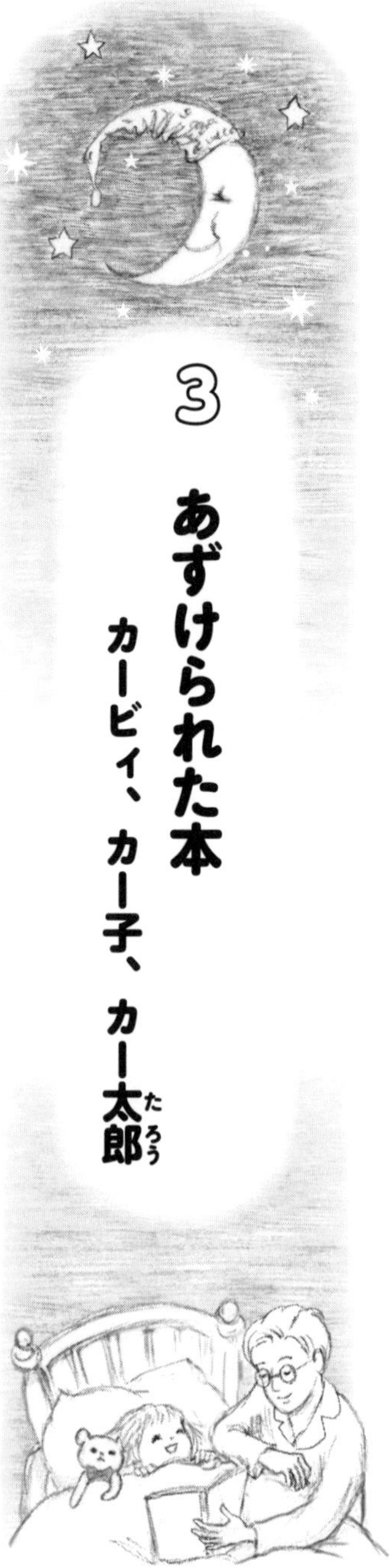

3 あずけられた本
カービィ、カー子、カー太郎《たろう》

森の図書館のふくろう先生が、お仕事で一週間だけ遠いところに行くことになりました。

そこで、先生は、その週の図書当番になっていた、カラスのカービィ、カー子、カー太郎《たろう》を呼《よ》びました。

「きみたちに、これらの本をあずけていくから、よろしくたのむ」

そういって、カービィには十冊《さつ》、カー子に五冊《さつ》、そしてカー太郎《たろう》に一冊《さつ》の、新しい本を渡《わた》しました。

「たいせつな本だから、だいじにあつかうように」

ふくろう先生は、そういって出かけて行きました。

その話を聞いたスズメのすずちゃんは、次の日、公園の木の枝《えだ》でカー太郎《たろう》と会ったときにいいました。

「カー太郎《たろう》くん、ふくろう先生から本をあずかったの？」

「まあな」

カー太郎《たろう》は、じまんそうに鼻をひくひくさせました。

すると、地面でひなたぼっこしていたカメのカメオが、むっくり首をもたげていいました。

「一冊《さつ》だけなんだろ？　カー子は五冊《さつ》だったのに」

そこへ、文鳥のブン子ちゃんが空から舞《ま》いおりてきて、すずちゃんのとなりにとまりました。

「ねえ、知ってる？　カラスのカービィくんが、ふくろう先生から本を十冊《さつ》もあずかったんですって！　さすが読書家のカービィくんね。どんな本だか聞きに行かない？」

ブン子ちゃんは大興奮《だいこうふん》です。頭がよくてハンサムなカービィのファンなのです。すずちゃんは、カー太郎《たろう》のほうをちらちら見ながら、

「ええ、そうねえ……」

と、もじもじしています。すると、カー太郎《たろう》は、すずちゃんを押《お》しのけるようにして、ブン子ちゃんにいいました。

「おれも、ふくろう先生の本をあずかったんだぜ」

「へえ」

カー太郎《たろう》はえらそうに胸《むね》をはっていったのに、ブン子ちゃんはひややかに横目で

見ていいました。

「どんな本だか知らないけど、どうせカー太郎《たろう》は読まないんでしょ。それより、図書館の本、ちゃんとだいじにあつかってよね。そうしないと、ふくろう先生のカミナリが落ちるわよ。ふくろう先生、いつもはすごく優《やさ》しいけど、怒《おこ》ったらもんのすごくこわいんだからね。わかった？」

それから、ブン子ちゃんは、すずちゃんに、

「行くよ！」

と声をかけると、よく晴れた空にむかって舞《ま》いあがりました。すずちゃんも、あわててあとを追って行きました。

枝《えだ》にぽつんと残されたカー太郎《たろう》を、カメオが地面から気の毒《どく》そうに見上げていいました。

「なあ、どうせ読まないなら、その本、おいらに貸《か》してくれないかな」

すると、カー太郎《たろう》はぶすっとして、カメオを見下ろしながらいいました。

「いや、池に落とされたりしたら、おれのせいになっちゃうし……」

「じゃあ、カー太郎《たろう》が読み終わったら、どんなお話だったか教えてくれよ」

カメオは、なおもすがるようにいいましたが、カー太郎《たろう》は返事もしないで、枝《えだ》から飛《と》び立っていきました。

カメオは、黒い羽をバサバサとはばたきながら遠ざかっていくカー太郎《たろう》を目で追っていましたが、ひとりになると、つまらなそうにこうらの中に入ってしまいました。


さて、ふくろう先生から十冊《さつ》の本をあずかったカラスのカービィは、その日のうちに十冊《さつ》とも読んでしまい、次の日からさっそく図書館のカウンターに立ちました。

ハンサムで人気者のカービィのところには、たくさんの本好《ず》きだけでなく、カービィのファンたちもやってきます。

「なにか、ロマンチックな本、ありませんか?」

文鳥のブン子ちゃんが、目にハートを浮《う》かべて聞きました。

「これなんかどうですか？　愛《あい》の詩集『二十四時間恋人《こいびと》でいて』」

「それにします！」

ブン子ちゃんは、さっそく貸出《かしだし》カードに名前を書きました。

「あのう、勉強が好《す》きになれる本って、ありますか？」

すずちゃんがおずおずと聞いても、カービィはさわやかな笑顔《えがお》で答えます。

「ありますよ。『ヴィーチャと学校友だち』。読んでるうちに、ふしぎと自分にもできる気がして、勉強したくなってくるんです」

「じゃあ、それを読んでみようかな」

すずちゃんも、貸出《かしだし》カードに名前を書いて借《か》りました。

「このごろよく眠《ねむ》れないんだが。どうしたらいいかな」

寝不足《ねぶそく》で、目のまわりが黒ずんでいるアライグマのアライさんもやってきました。

「そういう時は無理《むり》に寝《ね》ようとしないで、こんなのを読んでみたらどうですか？

はい、『親子で楽しむ　ベッドタイム・ストーリー』」

「じゃあ、借《か》りていくかな」

そんな調子で、カービィは十冊《さつ》の本を十人の森の住民《じゅうみん》に貸《か》し出しました。

本を借りた十人は、読み終わった感想を友だちや知り合いにいいました。すると、話を聞いたその友だちや知り合いたちも、その本を借《か》りに来ました。

そして、読み終わったあと、「おもしろかった」と、いろいろなところでいいました。すると、そういわれた、いろいろなところの住民《じゅうみん》たちもまた本を借《か》りに来ました。そうやって、カービィがあずかった十冊《さつ》の本は、次々と借《か》りられてぼろぼろになっていきました。

五冊《さつ》の本をあずかったカー子も、その日のうちにぜんぶ読んでしまいました。カー子はカービィほどの読書家ではありませんが、あずかった本はきれいな絵の絵本や楽しいお話ばかりだったので、すぐに読めてしまったのです。

3　あずけられた本

カー子は、五冊《さつ》の本を、図書館の児童《じどう》コーナーにもって行きました。

すると、赤ちゃん連《づ》れのお母さんや、小さい子どもたちが寄《よ》ってきました。

「あら、おもしろそうな本ねえ。おとなが絵本を読んでもいいのかしら？」

「この本、おばあちゃんに読んでもらおうかな」

「これ、どういうお話？」

カー子はみんなに説明《せつめい》しながら、あずかった五冊《さつ》を全部貸《か》しました。すると、その五冊《さつ》の評判《ひょうばん》もあがって、みんなが次々に借《か》りていき、本は少しずつ傷《いた》んでいきました。

さて、一冊《さつ》の本をあずかったカー太郎《たろう》は、それをだれにも見せず、自分でも開かず、だいじに紙で包《つつ》んで、自分の家の床下収納庫《ゆかしたしゅうのうこ》にかくしておきました。

ふくろう先生が一週間のお仕事から帰ってきて、三人の当番に「あずけた本をもってきなさい」といったときも、カー太郎《たろう》があずかった本だけはピカピカの新品のままです。

カー太郎《たろう》は、カービィやカー子の、すりきれた本を見て、心の中で思いました。

「あいつらは、きっと怒《おこ》られるだろうな。『たいせつな本だから、だいじにあつかうように』っていわれていたのに、あんなにぼろぼろにしちまって。

きれいなままなのは、おれさまのだけ。

もしかしたらみんなの前でほめられて、ごほうびがもらえるかもしれないぞ」

カー太郎《たろう》は、こみあげてくる笑《わら》いをおさえられずに、ニヤニヤしてしまいました。

ところが、ふくろう先生は、カービィにあずけた十冊《さつ》の本の前に立つと、めがねごしにじっと見つめていいました。

「わたしのいうことをよく聞いてくれたお当番のカービィ、よくやった。きみはわずか十冊《さつ》の本もたいせつにしてだいじにあつかったから、これからは図書館中の本の管理《かんり》をまかせよう。そして、わたしと読書の喜《よろこ》びをわかちあってくれ」

それから、カー子の五冊《さつ》の本の前にも立ちました。

「わたしのいうことをよく聞いてくれたお当番のカー子、よくやった。きみはわずか五冊《さつ》の本もたいせつにしてだいじにあつかったから、これからは図書館中の本の管理《かんり》をまかせよう。そして、わたしと読書の喜《よろこ》びをわかちあってくれ」

ところが、カー太郎《たろう》の新品のままの一冊《さつ》の本の前に立つと、顔をしかめていいました。

「カー太郎《たろう》、きみはわたしのいったことがわかっていなかったようだね。図書館の本をたいせつにするというのは、そこにある本の力を信《しん》じ、それを手に取れる恵《めぐ》みに感謝《かんしゃ》し、その喜《よろこ》びをほかの人にも伝《つた》えるということだったんだがな」

カー太郎《たろう》はびっくりしてしまいました。

「えっ!?　汚したりなくしたりしたら怒《おこ》られると思って、床下《ゆかした》にかくしておいたのに」

ふくろう先生は、ますますしぶい顔をしました。

「その本を一度でも開けば、床下《ゆかした》に入れてだれにも見られなくするなどとは考えられなかったはずじゃが」

ふくろう先生は、その日、それきりカー太郎《たろう》に声をかけることはありませんでした。それは、カー太郎《たろう》にとっては怒《おこ》られるよりも悲しいことでした。


次の日、カー太郎《たろう》はブン子ちゃんの家に乗り込《こ》んでいきました。よけいなことをいったブン子ちゃんに文句《もんく》をいってあやまらせるためです。

ブン子ちゃんが住んでいるのは、森のはずれの桐戸《きりと》さんのおうちです。まあさちゃんという中学生と、まりあちゃんという小学生の姉妹がブン子ちゃんの飼《か》い主《ぬし》です。

カー太郎《たろう》は、ブン子ちゃんを呼《よ》び出すつもりで、窓《まど》のそばによって行きました。人間たちはカラスをこわがるので、むこうからは姿《すがた》が見えないように気をつけながら、カーテンのすきまからそっと中をのぞきます。

すると、年をとった女の人の両わきから、まあさちゃんとまりあちゃんがなにかを熱心《ねっしん》に見ている姿《すがた》が目に入りました。

「おばあちゃん、ずいぶん読みこんだのね」

まりあちゃんの言葉にはっとしてよく見ると、三人の前にあるのは、カー太郎《たろう》がふくろう先生からあずかったのと同じ本です。ただし、そこにあるのは、表紙がすりきれ、ページも何度もめくられたようにしわしわになっているものです。

「そりゃあね、神さまの教えと恵《めぐ》みがぜんぶここに入っているのだもの。子どものころから読み続《つづ》けて、八十年以上《いじょう》読んでいるけど、それでもまだまだ読むたびに新しく感じるものですよ。

きっと、永遠《えいえん》に『もう読まなくていい』ということはないんでしょうね」

どうやら、この人は姉妹のひいおばあさんのようです。

「一冊《さつ》の本のようだけど、ほんとは六十六冊《さつ》の本が合わさったものだものね」

まあさちゃんがいいました。

「……六十六冊《さつ》!?」

カー太郎《たろう》が思わずさけんだとき、部屋の中にいるブン子ちゃんと目が合いました。

同時に、まあさちゃんとまりあちゃんも顔をあげました。

カー太郎《たろう》は、あわてて窓《まど》からはなれて、空高く舞《ま》いあがりました。

もう悲しい気もちも、腹立《はらだ》たしい気もちもすっかり消えていました。

カー太郎《たろう》がまかされたのは、たった一冊《さつ》の本ではなく、六十六冊《さつ》の、永遠《えいえん》に読み終わることのない本だったのですから。

3　あずけられた本

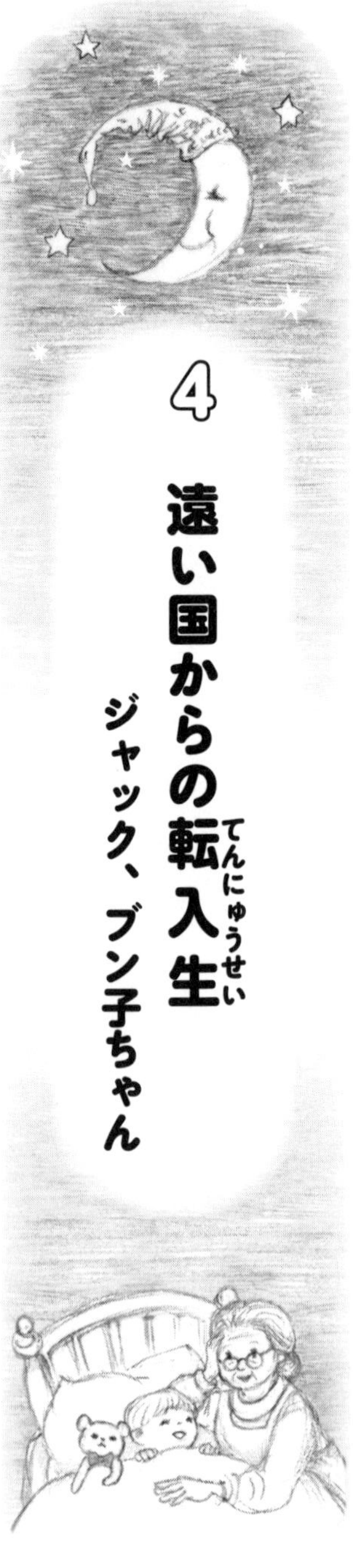

4
遠い国からの転入生《てんにゅうせい》
ジャック、ブン子ちゃん

森の図書館の勉強会が終わったあと、文鳥のブン子ちゃんとスズメのすずちゃんが、公園の枝《えだ》にならんでとまって休んでいました。

「あーあ、今日はなんだか、疲《つか》れたなあ。ふくろう先生ったら、できっこないこというし。『となり人《びと》を愛《あい》しなさい』とか」

ブン子ちゃんがため息をつくと、すずちゃんが心配そうにその横顔をのぞきこみました。

「できっこないの？『となり人《びと》』って、『となりの人《ひと》』っていうことだよね。ブンちゃんのとなりって、カラスのカー太郎《たろう》くんだっけ？」

ブンちゃんは、大きくうなずきました。

「そうなんだよ。だからむずかしいわけ。となりがすずちゃんだったらよかったのに。よりによってカー太郎《たろう》だよ!?　いったいどうやって愛《あい》すればいいわけ？　絶対無理《ぜったいむり》でしょ」

すずちゃんは首をすくめました。

「ふつうに優《やさ》しくすればいいんじゃないの？」

ブン子ちゃんは、ぷっとほっぺたをふくらませました。

「すずちゃんは、カー太郎《たろう》のとなりになったことがないからわかんないんだよ。一回でもならんですわってごらんよ。いつのまにか机《つくえ》の半分からはみ出してくるし、人の消しゴムは勝手にとって使うし、もうサイアクなんだから！」

次の日の勉強会で、ブン子ちゃんはカー太郎《たろう》のとなりにすわらず、うしろのほうの空いている席《せき》にすわっていました。ふくろう先生は教室に入るとすぐに気がつい

て、

「ブン子ちゃん、決まった席《せき》にすわってください」

といいました。

ブン子ちゃんがしぶしぶ腰《こし》を浮《う》かせたとき、教室のとびらがいきなり開いて、一羽の見知らぬクジャクが入ってきました。

みんなはびっくりしてかたまってしまいましたが、ふくろう先生だけは落ち着いていました。

「新入生ですか？　お名前は？」

するとクジャクは、あごをツンとあげていいました。

「ジャックです」

なんだか外国なまりがあるようです。

セキセイインコのセイコちゃんが身を乗り出して聞きました。

「どこから来たんですか？」

クジャクのジャックは気取った仕草《しぐさ》でチラリとセイコちゃんを見ると、

「遠い国から」

とだけ答えました。

ジャックは、カー太郎《たろう》のとなりの席《せき》につきました。そこだけ空いていたからです。背《せ》の高いジャックが前にすわったので、うしろにいたブン子ちゃんは黒板が見えにくくなりましたが、カー太郎《たろう》のとなりよりはましだと思ったのでだまっていました。

次の日から、ジャックはみんなの人気者になりました。なにしろ、外国のめずらしい品物をたくさんもっていて、みんなに好《す》きなだけくれるのです。そして、「勉強会によけいなものをもってこないように」と、ふくろう先生に注意されると、今度は教室の外でいろんなものを配り始めました。

やがて、勉強会の生徒《せいと》でジャックからプレゼントをもらっていないのは、ブン子ちゃんとカー太郎《たろう》だけになりました。

すずちゃんは、さくら貝をひとつだけもらいました。海を見たことのないすずちゃんは、ピンク色の小さな貝殻《かいがら》をだいじに箱にしまいました。

ジャックは、ほかにも巻貝《まきがい》やら星の砂《すな》やらいろんなものをくれようとしましたが、すずちゃんがえんりょして受け取らないので、全部セイコちゃんにあげてしまいました。

男の子たちも、ジャックからいろいろなものをもらいました。革製《かわせい》のボールや高《こう》価《か》なペーパーナイフ……外国製《せい》のすてきな品物を、さいしょはみんな感謝《かんしゃ》してだいじに使っていました。

けれど、なくしても、こわしても、すぐまた新しいのをもらえるとわかると、みんなは、あまりありがたがらなくなりました。

ブン子ちゃんは、ジャックが見せびらかす品物には、まったく興味《きょうみ》がありませんでした。

ブン子ちゃんは人間の桐戸《きりと》さんのおうちに住んでいて、中学生のまあさちゃんや、その妹で小学生のまりあちゃんのもち物をいつも見ています。

ジャックが自慢《じまん》しているもののほとんどは、桐戸《きりと》家で見たことのあるものです。

一度そのことをいったら、ジャックはブン子ちゃんを目の敵《かたき》にするようになりました。

カー太郎《たろう》は、別《べつ》の意味でジャックからなにももらっていませんでした。

ジャックとカー太郎《たろう》は同じ机《つくえ》にすわっていましたが、カー太郎《たろう》がしょっちゅうはみ出してくるし、人の消しゴムを勝手に使ってお礼もいわないので、ジャックは頭にきていたのです。

ジャックは感謝《かんしゃ》されることが好《す》きなので、なにかあげるのも、自分をちやほやしてくれる相手にだけなのでした。

そうこうするうちに、遠い国からもってき

たものは、いつのまにかなくなってしまいました。勉強会のクラスのみんなは、ジャックから物をもらうことに慣《な》れすぎてしまっていたので、もらえなくなると文句《もんく》をいうようになりました。

人気者だったジャックは、だれからも相手にされなくなりました。ブン子ちゃんは、そんなジャックに、手きびしいことをいいました。

「モノをあげて友だちを作ろうとするからいけないのよ。そもそも、みんなに配っていたいろんなものって、自分で働《はたら》いて買ったものなの？」

すると、ジャックはうつくしい首を伸《の》ばし、ブン子ちゃんを見下ろすようにしていいました。

「働《はたら》いて買ったものじゃないけど、ぼくのものだよ。父さんからもらったものだからね。ぼくの家はすごいお金もちなんだ。父さんが死んだら遺産《いさん》としてぜんぶもらえることになっているけど、死んでからじゃ感謝《かんしゃ》もできないから生きているうちにください、っていって、ぼくがもらえる分をぜんぶ先にもらったのさ」

ブン子ちゃんは、あきれたようにいいました。

「あのね。お父さんがあなたのためにくれたものを、ほかの人にぜんぶただであげちゃったら、お父さんに感謝《かんしゃ》してることにならないでしょ。だれだって、親からもらったものはだいじにするものよ。

結局《けっきょく》、今じゃ友だちだっていないじゃないの。

人になにかあげるのが好《す》きなら、忘《わす》れ物大将《たいしょう》のカー太郎《たろう》に消しゴムでもやれば？

少なくとも自分の消しゴムを勝手に使われることはなくなるわよ」

ブン子ちゃんがいうと、ジャックは腹《はら》を立てたようにくるりと背中《せなか》を向けて、どすどすと足音をたてながら行ってしまいました。

でも、ジャックは次の日からまた人気者にもどりはじめました。

「あら、モノを配らなくてもなかよくしてもらえる、ってわかったのね」

ブン子ちゃんは満足《まんぞく》そうにつぶやきました。

ところが、なんだかジャックのようすが変《へん》です。あんなにりっぱだった羽もずいぶんみすぼらしくなり、表情《ひょうじょう》もさえません。

よく見ると、ジャックは自分の羽のきれいなところをぬいて、みんなにプレゼントしているのです。

ブン子ちゃんは、ジャックのところに飛《と》んでいってしかりました。

「なにやってるの。だいじな羽をぬいたりして。飛《と》べなくなっちゃうわよ」

「ぼくはもともと飛《と》べないよ。それに、羽こそ自分のものなんだから、きみにとやかくいわれる筋合いはないと思うけどね。

まあ、欲《ほ》しいなら一本やってもいいけど。あの真っ黒で、きたならしいカー太郎《たろう》にはやらないけどね」

ジャックがそういうので、ブン子ちゃんは頭にきてわめきたてました。

「そんな羽いらないわよ。文鳥には文鳥の羽があるんだから。それにカー太郎《たろう》だって、きたならしくなんかないわよ。カラスは黒一色だからこそうつくしいんだからね。『カラスのぬれ羽色《ばいろ》』っていうほめ言葉知らないの？

それより、羽こそ親からもらったものでしょ！　あんた、その羽、一本でも自分で生やしたことあるの⁉」

ブン子ちゃんが興奮《こうふん》してあばれたので、ジャックはびっくりしてあとずさりしながらいいました。

「そっちこそ人間の家でぬくぬく暮《く》らしているくせに、なにがわかるんだよ。

ぼくは勝手に家を出て、もう帰る場所もないんだから、ここでなんとかやっていくしかないんだ。ほっといてくれよ」

「ほっといたら、あんた、さいごの羽までぬいて、もうクジャクじゃなくなっちゃうわよ！」

ジャックは返す言葉につまり、ぷいと出て行きました。

ひとりになると、ジャックは図書館の裏《うら》のカシの木に首をもたせかけて、つぶやきました。

「お父さんの家にいればよかった。無理《むり》して人気者になんかならなくても、お父さんにかわいがってもらうだけでよかったのに」

ジャックはしくしく泣《な》きだしました。カシの木の上の枝《えだ》から、ふくろう先生がその姿《すがた》を見下ろしていました。


二日後、森の図書館の教室に、一羽の大きなクジャクがあらわれました。ジャックよりも一回り大きく、ジャックよりも何倍もうつくしいクジャクです。

ジャックは、その姿《すがた》を見たとたん、涙《なみだ》を浮《う》かべてかけよりました。

「お父さん、ごめんなさい、ぼく……」

ところが、ジャックがそのあとの言葉をいわないうちに、お父さんは大きな羽を広げてジャックを抱《だ》きとめました。

「息子よ、迎《むか》えに来たよ。さあ、帰ろう。ここでとなり人《びと》になってくれたたくさんの仲間《なかま》にお礼をいって」

ジャックはきょとんとした顔でお父さんを見上げました。

「え、となり人《びと》って……カー太郎《たろう》にお礼を？　ぼくの消しゴムを勝手に使っていただけのカー太郎《たろう》に？」

すると、いつのまにかお父さんのうしろにいたふくろう先生が、深くうなずきました。

「そう。きみのたいせつなものをなにひとつ奪《うば》わず、きみになにをいわれても怒《おこ》らなかったカー太郎《たろう》は、きみのりっぱなとなり人《びと》じゃよ」

カー太郎《たろう》がにやっと笑って、自分の席《せき》から片方《かたほう》の黒い羽をパタパタとふりました。

ジャックはばつが悪そうにもじもじしましたが、消え入りそうな声で、

「おせわになりました」

といいました。

「ほかにもたくさんいたな、となり人《びと》が」

ふくろう先生がいうと、ジャックは小さくうなずいて、つぶやくようにいいました。

「さくら貝をたいせつにしてくれたすずちゃん、ありがとう。

それから……注意してくれたブン子ちゃんも」

「あら」

ブン子ちゃんは目をぱちぱちさせました。

「あたしは今、だれのとなりにもすわってないんだけど」

すると、ふくろう先生がふおっふおっと笑《わら》いながらいいました。

「いやいや、だれかのことを自分のことのように気にかけたブン子ちゃんは、りっぱなとなり人《びと》じゃよ。ジャックにとっても、カー太郎《たろう》にとっても」

ブン子ちゃんは、照《て》れくさそうに頭をかきました。

「そうですかあ？　いやあ……『となり人《びと》』じゃなくて『となり鳥《どり》』ですけど」

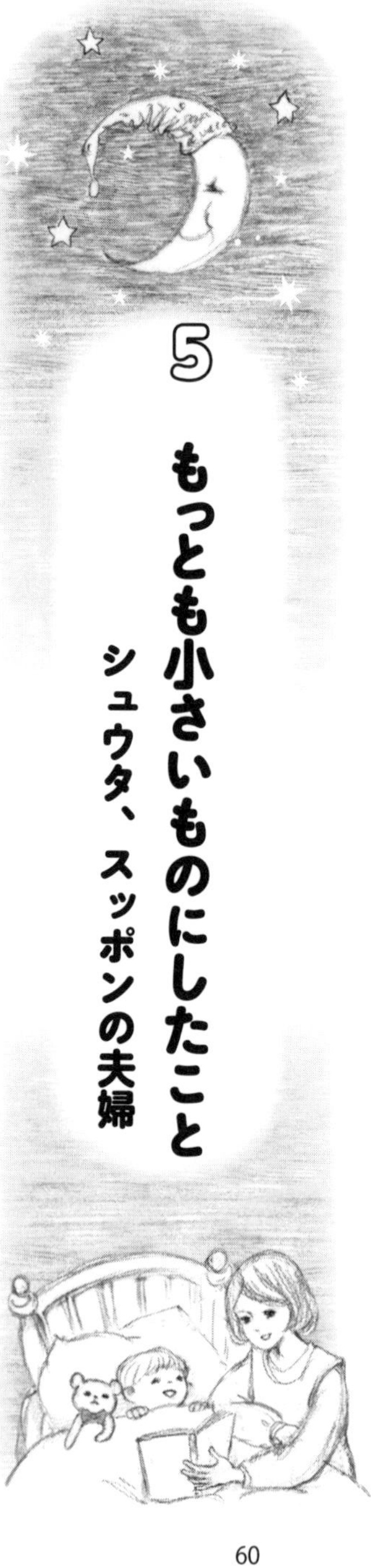

5 もっとも小さいものにしたこと

シュウタ、スッポンの夫婦

大きな農場をもっているクマの熊五郎《くまごろう》さんが、かぶの種《たね》を植えました。

かぶはどんどん大きくなり、収穫《しゅうかく》のときがやってきました。

熊五郎《くまごろう》さんはかぶの葉っぱをひっぱりましたが、かぶはなかなかぬけません。

熊五郎《くまごろう》さんは奥《おく》さんのくま子さんを呼《よ》んできました。ふたりでひっぱりましたが、それでもかぶはぬけません。

くま子さんは、キツネのコンタを呼《よ》んできました。三人でひっぱってもぬけないので、コンタはねこのミイちゃんを呼《よ》んできました。

かぶを熊五郎《くまごろう》さんがひっぱって、熊五郎《くまごろう》さんをくま子さんがひっぱって、くま子さんをコンタがひっぱって、コンタをミイちゃんがひっぱって。それでもかぶはぬけません。

「もうひとり、だれかいないかな」

熊五郎《くまごろう》さんがそういったのを、通りかかったヘビのシュウタが小耳にはさみました。

シュウタはいそいでかけつけると、

「おいらが手伝《てつだ》うよ！」

と、威勢《いせい》よくさけびました。

「おお。それは助かる。ありがとう！」

大農場の主《ぬし》である熊五郎《くまごろう》さんにそういわれて、シュウタはとても晴れがましく思いました。

そこで、かぶを熊五郎《くまごろう》さんがひっぱって、熊五郎《くまごろう》さんをくま子さんがひっぱって、くま子さんをコンタがひっぱって、コンタをミイちゃんがひっぱって、ミイちゃんをシュウタが……ひっぱるはずでしたが、どうもうまくいきません。

シュウタはミイちゃんのしっぽをくわえていましたが、ミイちゃんはふりかえって、怒《おこ》ったようにいいました。

「ちょっと！　なんで押《お》すのよ。ひっぱってくれないとぬけないでしょ！」

シュウタは思わず首をすくめました。といっても、どこまでが首かよくわかりませんでしたが。

「いや、その……ひっぱるつもりだったんだけど、考えてみたら、おいら、うしろにはさがれなかったんだ」

ミイちゃんはぷんぷんして、口をとがらせました。

「それじゃあ、なんの役にも立たないじゃない！」

そこへ、ネズミのチュウ坊《ぼう》が走ってきました。

「ぼくが手伝《てつだ》ってあげる！」

ミイちゃんは、

「ネズミなんて、もっと役に立たないと思うけど」

と、ぶつくさいいましたが、かぶを熊五郎《くまごろう》さんがひっぱって、熊五郎《くまごろう》さんをくま子さんがひっぱって、くま子さんをコンタがひっぱって、コンタをミイちゃんがひっぱって、ミイちゃんをチュウ坊《ぼう》がひっぱると……

すぽん！

大きなかぶがぬけました！　みんなは大喜《おおよろこ》び。ミイちゃんは感心していいました。

「チュウ坊《ぼう》、見直したわ！　ちっちゃいくせに、なかなかやるじゃないの。シュウタとちがって！」

チュウ坊《ぼう》は大得意《とくい》で鼻をうごめかせます。

ヘビのシュウタは、しょんぼりして、すごすごとその場を立ち去り……いや、地面をしゅるしゅるとはいずりながら去って行きました。

シュウタは、悲しい気もちで森の中をはいまわっているうちに、いつのまにか人間の町のほうまで来ていました。

森のはずれには、桐戸《きりと》さんの家があります。まあさちゃんとまりあちゃんという姉妹がいるおうちです。

冬のあいだはいつも閉《し》まっていた窓《まど》が開いて、白いカーテンがそよ風にゆれています。

シュウタは、道をわたって桐戸《きりと》さんの庭に入ると、花だんのパンジーやマーガレットのあいだをぬって、窓《まど》の下までやってきました。

家の中から、中学生のまあさちゃんの声がします。

「めぐみ学園高校に入りたいけど、とっても『せまき門』だからやめとこうかな」

小学生のまりあちゃんの声も聞こえます。

「え、あの学校の門って、そんなにせまかったっけ!?」

すると、まあさちゃんが笑《わら》っていいました。

「あのね、『せまき門』っていうのは、むずかしくて入りにくいところのことをいうの。つまり、だれでも入れるってわけじゃない、ってこと」

「ふうん。どうしてそんな入りにくいところに入りたいの?」

まりあちゃんが不思議《ふしぎ》そうにいったとき、年とった女の人の声がしました。

「あきらめずにがんばって。ほら、神さまだって、『せまき門より入れ』っておっしゃっているじゃない」

シュウタはそこまで聞くと、もちあげていた頭を下げて、またしゅるしゅると森にもどって行きました。

「あのおうちの人たちは、神さまと話をしているのか。いいなあ。おいらもいちど神さまの声を聞いてみたいけど、だめだろうなあ。神さまの国では、ヘビは評判《ひょうばん》が悪いっていうしなあ」

そのとき、木々の向こうの農園のほうから、みんなの楽しそうな声が聞こえてきました。きっと、大きなかぶがぬけたので喜《よろこ》んでいるのでしょう。

シュウタはUターンして向きを変《か》えると、急いでその場からはなれていきました。

「神さまの国でなくても評判《ひょうばん》は悪いみたいだしなあ」

シュウタはまたしょぼんとして、しゅるしゅると下草のあいだをはって行きました。

そのときです。シダの茂《しげ》みの下から、しくしくと泣《な》く声が聞こえてきました。

近づいてみると、スッポンの夫婦《ふうふ》が涙《なみだ》にくれています。

「ど、どうしたの？」

シュウタが聞くと、スッポンの奥《おく》さんが、しゃくりあげながら答えました。

「たいせつなたまごが、ころがってちっちゃな横穴《よこあな》に入ってしまったんです。入り口が小さすぎて入れないし、奥《おく》が深いみたいで、手も届《とど》かないんです」

スッポンのご主人も、とてもつらそうなようすです。

シュウタはすぐにでも穴《あな》に入って、たまごを出してあげたいと思いました。

ところが、その横穴《よこあな》は、ずいぶん奥《おく》が深そうで、のぞいてみても先が真っ暗でなにも見えません。その中に入っていくのは勇気《ゆうき》がいります。

しかも、こんな細い穴《あな》に入ってしまったら、中で向きを変《か》えることができません。どうやって出たらいいのでしょう。ヘビはうしろにさがれないのに。

「助けを呼《よ》んでみたら？　農場の熊五郎《くまごろう》さんみたいに」

すると、夫婦《ふうふ》は悲しそうに首をふりました。

「あちらは、お金もちでりっぱなお方ですから、みなさん喜《よろこ》んで力を貸《か》します。でも、わたしたちは取るに足りない小さな者ですから、だれも来てはくれません」

シュウタはびっくりして思わず背《せ》すじをのばしました。まあ、このへんまでが背《せ》すじだろう、というところまで。

「あなたたちが取るに足りない小さな者だなんて、だれがいったんですか？」

シュウタが聞くと、スッポンのご主人は、苦笑《にがわら》いしていいました。

『月とスッポン』っていうことば、知らないんですか？　わたしたちは、一番価《か》値《ち》がないものの代名詞《だいめいし》なんですよ」

シュウタはそれを聞いて、とても気の毒《どく》に思いました。

農場主の熊五郎《くまごろう》さんは、かぶをぬくだけでたくさんの仲間《なかま》に助けてもらえるのに、この夫婦《ふうふ》はたいせつなたまごを失《うしな》いかけていても、だれも気にしてくれないなんて。

それでもシュウタは穴《あな》に入る決心がつきません。そのくらい穴《あな》はなんだか暗くてこわいのです。

ためらっていると、スッポンの奥《おく》さんが泣《な》きながらいいました。

「こんなにせまいところから入るのは、シュウタさんでも無理《むり》でしょうか」

「え、せまい？」

その瞬間《しゅんかん》、シュウタの頭の中に、桐戸《きりと》家のおばあさんの声がよみがえりました。

――神さまだって、「せまき門より入れ」っておっしゃっているじゃない――

シュウタは深呼吸《しんこきゅう》すると、思い切って、穴《あな》に入って行きました。

シュウタの全身が細長い穴《あな》の中にすっぽり入ったところで、ようやくたまごが見つかりました。シュウタは、たいせつなたまごをそっと口にくわえると、しっぽの先をぱたぱたさせてスッポンの夫婦《ふうふ》に合図をしようとしました。

ところが、シュウタは穴《あな》の奥《おく》まで入りすぎてしまったようです。

外でスッポンの夫婦《ふうふ》が泣《な》きわめく声が聞こえましたが、どうすることもできません。

このまま穴《あな》から出られず死んでしまうのか……。

そう思うと、シュウタは目の前が真っ暗になりました。もともと穴《あな》の中も真っ暗でしたが。

そのときです、しっぽの先を、だれかがつかんだような気がしました。

「おい、ひっぱってやるからな。たまごをはなすんじゃないぞ」

ネズミのチュウ坊《ぼう》の声です。

「助かった！」

シュウタは喜《よろこ》びました。ところが、チュウ坊《ぼう》ひとりでは、シュウタを穴《あな》から出すことができないようです。そのうち、外がざわざわしはじめました。そして、

「うんとこしょ、どっこいしょ」

という声がしたかと思うと、シュウタはからだがうしろにさがるのを感じ、いきなり目の前がぱっと明るく開けて、外に出られたのがわかりました。

ふりかえると、チュウ坊《ぼう》はじめ、森のみんながあおむけにひっくりかえっていました。

なんと、ショウタをチュウ坊《ぼう》がひっぱり、チュウ坊《ぼう》をミイちゃんが、ミイちゃんをコンタが、コンタをくま子さんが、くま子さんを熊五郎《くまごろう》さんがひっぱっていたのです。

シュウタは、しっかりと口の中で、たいせつなたまごを守っていました。

スッポンの奥《おく》さんは、今度はうれし泣きで涙《なみだ》を流しながら、たまごを受け取り、

5　もっとも小さいものにしたこと

何度も何度もシュウタにお礼をいいました。

「お、おいら、役に立ったのかな」

シュウタがはずかしそうにいうと、みんながわっとシュウタをかこんで拍手《はくしゅ》をしました。

ミイちゃんが前に出て、

「さっきはごめんね。役に立たないなんていって」

と、あやまりました。そして、身をかがめて横穴《よこあな》をのぞきこむと、

「えらいわ。この中に入って行ったなんて。シュウタって、ほんとに勇気《ゆうき》があるのね」

と、ほめたたえました。

「いや、おいらはただ神さまのいうとおりにしただけで……」

シュウタは小さい声でつぶやきましたが、だれの耳にも聞こえませんでした。

でも、熊五郎《くまごろう》さんは、両手を大きく広げ、感激《かんげき》したように、

「シュウタくん、本当に、本当に、ありがとう！」

と、何度も何度もシュウタにお礼をいいました。

「あ、あの、おいらは熊五郎《くまごろう》さんの農園では、なんの役にも立たなかったんだけど……」

シュウタがとまどったようにいうと、熊五郎《くまごろう》さんはにっこり笑《わら》っていいました。

「この森で一番小さい者のためにしたことは、わたしのためにしてくれたことと同じにうれしいんだよ。さあ、たいせつなたまごがもどってきたお祝《いわ》いに、パーティーをしよう！」

パーティーには、森じゅうの鳥やどうぶつたちがまねかれました。

そして、熊五郎《くまごろう》さん特製《とくせい》のかぶのスープをたっぷりといただきました。

⑥ 眠《ねむ》れないアライさん

アライさん

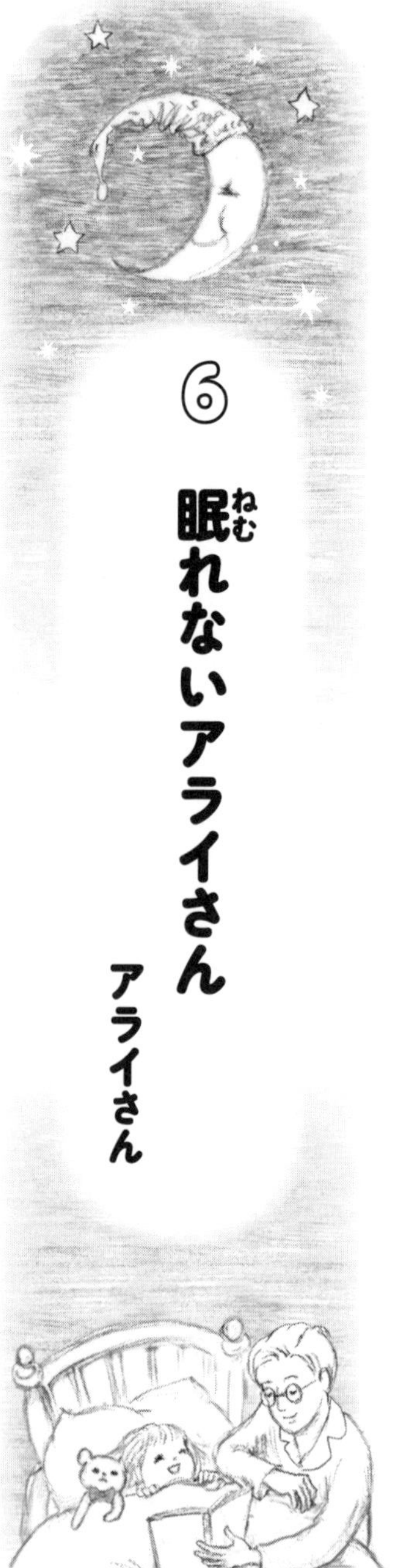

アライグマのアライさんは、眠《ねむ》れぬ夜を過《す》ごしていました。
もともとアライさんはあまり眠《ねむ》りが深くありません。
毎晩《まいばん》のように明日はなにを着ようか、なにを食べようか、と思いわずらううちに夜が明けてしまうのです。
東の空がしらじらと明るくなるころには、「明日」の悩《なや》みは「今日」の悩《なや》みとなり、ようやく着る服が決まったと思ったら、こんどは「今日これを着たら明日はなにを着たらいいのだろう」と考えてしまって、あっというまに「今日」の悩《なや》みは「明日」の悩《なや》みになってしまいます。

6　眠れないアライさん

食べるものや読む本についても、一事が万事《ばんじ》そんな調子なものですから、アライさんの一日は知らないうちに過《す》ぎていき、その積《つ》み重ねで、一か月も一年も、ちゃんとその時間を生きたかどうかわからないうちに終わっていきます。ちゃんと眠《ねむ》れない夜を過《す》ごしたあとの昼間は、睡眠不足《すいみんぶそく》の連続ですから、目のまわりは濃《こ》いクマができて真っ黒になっています。

そんなアライさんが、今夜とりわけ眠《ねむ》れずにいるのは、明日から一週間、森の図書館のお当番をしなければならないからです。

ふくろう先生が館長をつとめている森の図書館は、住民《じゅうみん》たちが交替《こうたい》でカウンターに立って仕事をするのですが、森にはたくさん鳥やどうぶつがいるので、めったに順番《じゅんばん》が回ってくることはありません。じつをいうと、アライさんはお当番をするのは初《はじ》めてでした。

「遅刻《ちこく》したりしないだろうか。一週間ちゃんと仕事ができるか心配だ。できればやりたくないんだがなあ。しかし当番の仕事をしないと、本も貸《か》してもらえなくなるんだろうか」

あれこれ考えてまんじりともしないうちに、次の日の朝も来てしまいました。

アライさんは眠《ねむ》れなかったおかげで寝坊《ねぼう》もしませんでしたので、遅刻《ちこく》はしないですみました。そのかわり、始まる前からすでに疲《つか》れ切っていて、身も心もどんよりしたまま、森の図書館のカウンターに立ちました。

「アライさん、貸《か》し出《だ》しのお仕事よろしくね」

いっしょにお当番をする、アライグマ仲間《なかま》のメグロさんとオジマくんがあいさつしてくれましたが、アライさんはぼんやりうなずくことしかできません。

ふたりは肩《かた》をすくめて、それぞれ閲覧室《えつらんしつ》のおそうじと本棚《ほんだな》の整理に行ってしまいました。

やがて、本を借《か》りる人や返す人が次々とやってきました。アライさんは、ふくろう先生にいわれたとおりに、ハンコを押《お》したりカードを書いたり忙しく働《はたら》きはじめ、しばらくは考えたり悩《なや》んだりするひまもありませんでした。

ところが、キツネのコンタがやってきたときのことです。

「はいよ。借《か》りた本」

コンタがどさっと置いた本は三冊《さつ》。けれど、貸出《かしだし》カードは五枚《まい》あります。

「きみ、あと二冊《さつ》は……？」

アライさんがいうと、コンタはフン、と鼻を鳴らしました。

「まだ読んでないんだよ。読み終わったらもって来るからさ」

「でも、貸出期限《かしだしきげん》が過《す》ぎていますよ。あとの二冊《さつ》は一度返してからまた……」

するとコンタは、アライさんがさいごまでいい終わらないうちに、舌打《したう》ちしていました。

「うるさいなあ。読み終わってから、っていってるだろ！」

そして、あかんべえをすると、あやまりもしないで帰ってしまいました。

「なんてやつだ……」

アライさんがあきれる間もなく、今度はタヌキのポン子さんがやってきました。

「はい、借《か》りた本。ちょっとやぶけちゃったけど」

見ると、「ちょっとやぶけた」どころか、ページがびりびりにやぶれています。

「こまりますな。こういうときは弁償《べんしょう》してもらわないと……」

アライさんがいうと、ポン子さんは、急にふきげんそうな顔になりました。

「しょうがないでしょ。赤ちゃんがしたことなんだから。あなた、赤ちゃんにお金払《はら》わせるつもりなの!?」

ポン子さんがプンプンしながら帰ったあと、アライさんはぼろぼろになった本をかかえて、とほうにくれてしまいました。

そこへ、おそうじに行っていたメグロさんがもどってきました。

「さあ、そろそろお昼休みだから、休憩《きゅうけい》していいわよ。あら、その本どうしたの?」

「ポン子さんの赤ちゃんがやぶいたらしくて……」

「そんな言いわけ、聞いちゃだめよ。赤ちゃんのせいにすればいい、なんてことないんだから。

それに、この期限切《きげんぎ》れのカードは？」

「あ、それは、コンタがまだ読んでいないからって……」

メグロさんはあきれたように両手を広げました。

「あのねえ、なんのためのお当番なの？　ここにいる人が、借《か》りる人にルールをちゃんと伝《つた》えなかったら、図書館のきまりが守れないでしょ。しっかりしてちょうだい」

ゆうべから眠《ねむ》れていなくて疲《つか》れ切っていたアライさんは、メグロさんにきつくいわれると、おさえていた気もちが爆発《ばくはつ》してしまいました。

「どうせわたしは役立たずだよ。働《はたら》いて文句《もんく》

をいわれるのなら、当番なんてやらないほうがましだ！」

そういうと、アライさんは、お当番のエプロンをかなぐりすて、カウンターから飛《と》び出そうとしました。

ところが、ちょうどそのとき、館長のふくろう先生が、外出先からもどってきました。

「おお、アライさん、お当番ありがとうございます。森のみんながほめていましたよ。アライさんは手ぎわがよくて、借《か》りるのも返すのもとてもスムーズにできる、って」

アライさんは、なんだか急に情《なさ》けない気もちになって大きなため息をつきました。

「ふくろう先生、わたしはここの当番には向いていないようです。本を返さない人やみんなの本をやぶいたりする人は、わたしのいうことを聞いてもくれません。そしてわたしも、そういう人たちをゆるす気もちになれません。ただでさえ悩《なや》みの多い毎日なのに、目のまわりのクマがもっと広がってしまいそうです。申《もう》し訳《わけ》ありませんが、カウンターには、ほかの人を立たせてくれませんか」

アライさんは、そういって、コンタの貸出《かしだし》カードとポン子さんから返されたページのやぶけた本を見せました。

ふくろう先生はちょっと考えていましたが、大きくうなずくと、

「わかりました。アライさんには、みなさんに無理矢理《むりやり》ルールを守らせることはできないでしょう。けれど、わたしにはできます。館長の力で、本をたいせつにしない人には今後は貸《か》さないことにしましょう」

といいました。

アライさんは、ほっとして、手紙を作ると、まっ先にコンタのところに届《とど》けに行きました。


あなたはルールを守らないので、来週から本を借《か》りられません。

ポン子さんの家のポストにも入れに行き、それから、ほかに本の返却《へんきゃく》が遅《おく》れている人や、今までに本をよごしたりやぶいたりした人すべてに配ってあるきました。

その晩《ばん》、アライさんは久しぶりにベッドでぐっすり眠《ねむ》りました。


次の日、アライさんがまたカウンターに立つと、朝一番にコンタが二冊《さつ》の本をかかえてやって来ました。

「ちゃんと返さなくて悪かったよ」

コンタはまじめな顔でいいましたが、アライさんが、

「いまさら遅《おそ》いよ」

というと、しょんぼりして帰って行きました。

たぬきのポン子さんも赤ちゃんを背負《せお》ったまま、かけつけてきました。

「あの、昨日はすみませんでした。あの本、自分で修理《しゅうり》しますのでもう一度貸《か》してください。だめなら買って弁償《べんしょう》します！」

アライさんは、肩《かた》をそびやかしていいました。

「修理《しゅうり》なら、きのうオジマくんがしましたよ。これからは図書館の本でなく自分で買った本だけ読むんですな」

「ちゃんと赤ちゃんの手の届《とど》かないところに置《お》きますから、また貸《か》してもらえませんか」

「館長のふくろう先生が決めたことですから」

ポン子さんはすごすごと帰って行きました。アライさんは、もうコンタもポン子さんも来ないと思うと、安心して当番の仕事に打ちこむことができました。

ところが、その次の日になると、ふくろう先生は、また森の住民《じゅうみん》全員に本を貸《か》すことにしてしまいました。

「みなさん反省《はんせい》されているようですので、今度からルールを守ってもらうということで、やっぱりだれにでも貸《か》し出しをすることにします」

森のみんなは大喜《おおよろこ》び。ところが、アライさんだけは、目のまわり以外《いがい》の顔を真っ赤にして怒《おこ》りはじめました。

「どうしてすぐに考えを変《か》えるんです？　それならさいしょから『貸《か》さない』なんていわなければよかったじゃないですか！」

そういって、アライさんは、とうごまの木の下にすわりこんでしまいました。

その週が終わるまで、アライさんは、とうごまの木の下で図書館を見張《みは》っていました。カウンターでは、ふくろう先生とメグロさんとオジマくんが交替《こうたい》で貸《か》し出しをしています。コンタもポン子さんも、当たり前のような顔をして本を借《か》りにきています。コンタが五冊《さつ》の本をかかえて前を通り過《す》ぎて行ったときは、アライさんは、くやしくてくやしくてたまりませんでした。

週の終わりの日、ふくろう先生になにかいわれたらしいオジマくんが、まっすぐ

6　眠れないアライさん

こっちに向かって来るのが見えました。

「当番をちゃんとやらなかったから、怒《おこ》られるんだろうな」

アライさんはふてくされて考えました。ところが、オジマくんは、アライさんのところまで来ると、気の毒《どく》そうにいいました。

「あの、アライさん、返却《へんきゃく》期限《きげん》が過《す》ぎている本が一冊《さつ》あるんですけど……」

「えっ!?」

アライさんは怒《いか》りのあまり、本を返すのを忘《わす》れていたのでした。

あわてて家に帰って取って来ると、ふくろう先生に必死《ひっし》であやまりました。

「す、すみません! 今返しますから、どうかゆるしてください」

目のまわり以外《いがい》の顔が青くなってしまったアライさんに、ふくろう先生はおだやかにいいました。

「もちろん、だいじょうぶですよ。ひとりでも多くの人に一冊《さつ》でも多くの本を手渡《わた》すことがわたしの喜《よろこ》びなのですから。アライさんの楽しみをうばうことはしませんよ。それに、本を読んでいるあいだは、いろいろな思いわずらいを忘《わす》れられるでしょう？

ましてや一日に五冊《さつ》も読む読書家や、毎晩《まいばん》赤ちゃんに絵本を読んであげるお母さんの幸せな時間をうばうことはできません」

その晩《ばん》、アライさんはぐっすり眠《ねむ》りました。もう本を借《か》りられないのではないかと心配することがなくなったからです。

そして、「いつも悩《なや》んでいなければならない」わけではないこともわかったからです。

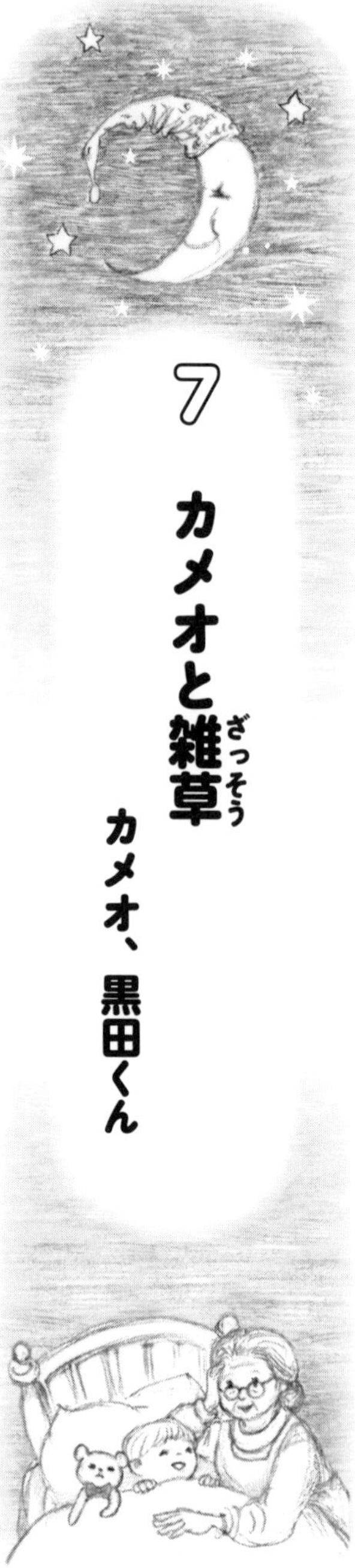

7 カメオと雑草《ざっそう》

カメオ、黒田くん

カメのカメオは、ゆっくりゆっくりさんぽをしていました。

おひさまの光が気もちのいい場所では、立ち止まってひなたぼっこをしたり、雨がふる日は木かげの静《しず》かなところでじっとしていたり。やさしい風が吹《ふ》いてきたらまた歩き、暗くなったらこうらの中に入って眠《ねむ》ります。

「ああ、気楽でいい人生だ」

カメオはじゅうぶん幸せです。けんかっぱやい文鳥のブン子ちゃんや、怒《おこ》られてばかりいるカラスのカー太郎《たろう》、いつもくよくよしているアライグマのアライさんなどを見ていると、自分は悩《なや》みがなくていいなあ、と心から思います。

7　カメオと雑草

今日も気ままに歩いていたところ、気がつくと、いつのまにか森のはずれの、人間の家まで来ていました。

文鳥のブン子ちゃんが暮《く》らしている桐戸《きりと》さんの家です。小学生のまりあちゃんと、中学生のまあさちゃんの姉妹が住んでいるところです。

ふたりは庭に出て、花だんに種《たね》をまいていました。

「いい種《たね》だけまこうね。悪いのはのけといて」

まあさちゃんがいいました。ところが、そばで見ていた、ひいおばあさんがいいました。

「全部まいてやりなさい。いい土の上にまかれて、おひさまの光をたくさんあびて、おいしいお水をたっぷりともらったら、どんな種《たね》でもきれいな花をさかせるんだから」

そういわれて、ふたりはぜんぶの種《たね》をまいて、ていねいに土をかけました。

カメオは、しばらく見ていたあと、またのっそりのっそりと森へ帰って行きました。

　ゆっくり歩いて帰るとちゅうで、キツネの子どもたちが走って来るのに出くわしました。急なことで、よけることもできず、ひとりがカメオのこうらにつまずいて転びました。

「いたた！　なんでこんなところにいるんだよ！」

　転んだ子どもが、すりむいたひざこぞうをさすりながら、にくらしそうにいいました。いっしょにいたほかの子どもたちも、

「そうだ、そうだ。グズでのろまなカメが道のまん中を歩くなよ」

「なまけもので役立たずのカメのカメオ！」

と、てんでにさけびながら行ってしまいました。

カメのこうらはかたいので、カメオは痛《いた》くもかゆくもありませんでしたが、どういうわけかみぞおちのあたりに小さな石でも入ったかのような気もちになりました。

「グズでのろまで、なまけもので役立たずか……」

カメオはつぶやきながら、少しは急いで歩いてみようか、と思いました。けれども、速く歩こうとすればするほど、いつもよりからだが重い気がします。

川のほとりの家に帰りついたころには、あたりはとっぷりと暗くなり、カメオはどっと疲《つか》れて、倒《たお》れ込《こ》むようにベッドに入ったのでした。


何週間か過《す》ぎました。

カメオはしばらく家の中で暮《く》らしていましたが、お天気のいいある日、ひさしぶりにまたさんぽに出かけました。

いつのまにか、カメオの短い足は桐戸《きりと》さんの家のほうに向かっていました。行ってみると、庭の花だんには、青々とした葉っぱがたくさん顔を出しています。

「やあ、あのときの種《たね》がみんな芽《め》を出したんだな」

そこへ、ひとりの男の子がやってきて、桐戸《きりと》さんの家の前庭を通りぬけ、玄関《げんかん》のドアの横にあるベルを鳴らしました。カメオはあわてて花だんの葉かげにかくれました。人間の男の子には、キツネの子ども以上《いじょう》に気をつけなければならないからです。

ベルの音で、小学生のまりあちゃんがドアを開けました。

「あら、黒田くん、どうしたの?」

まりあちゃんがびっくりした顔をすると、黒田くんと呼《よ》ばれた男の子は、頭をぽりぽりかきながら、

「桐戸《きりと》さん、宿題写させて」

といいました。

「でも、自分でやらないと……」

と、まりあちゃんがいいかけると、黒田くんはさいごまで聞かずに

「じゃあ、いいよ！」

と、足でドアをけり、帰って行ってしまいました。

「なんてやつだ！」

日ごろのんきなカメオでさえも、憤慨《ふんがい》して短い手足をパタパタさせました。窓越《まどご》しに、文鳥のブン子ちゃんも怒《おこ》って羽をバタバタしているのが見えます。

まりあちゃんがきょとんとした顔で部屋にもどって来ると、お姉さんのまあさちゃんがあきれたように肩《かた》をすくめました。

「あの子でしょ。問題ばかり起こして退学《たいがく》になりそうな子、って」

すると、ひいおばあさんがたしなめるようにいいました。

「小学校は子どもを退学《たいがく》にしたりしませんよ。どんな子だって、この先どんなふうに成長《せいちょう》するかわからないんですからね。それよりふたりとも、庭のお花に水をやりましたか？」

「あっ、わすれてた！」

ふたりがドアを開けて庭に出てきました。カメオはあわてて、また花だんの中に身をひそめました。

姉妹がまくじょうろの水のしぶきが、葉っぱの中にいたカメオのからだにもあたります。カメオは、

「ああ、気もちいいなあ」

と、目を細めました。頭の上で、ふたりの会話が聞こえてきます。

「ついでに雑草《ざっそう》をぬいておこうか」

「ザッソウってなに？」

「いらない草花のこと。これなんかがそうよ」

「でも、ほら、黄色いお花が咲《さ》きそうだよ。茎《くき》もすごくまっすぐで、りっぱに見えるけど」

「じゃあ、ちがうのかな。よくわかんないから、今日はやめとこうか」

そういいながら、姉妹は家の中にもどって行きました。

カメオはのそのそと葉っぱの下からはい出ると、ぬかれそうだった草を見上げていいました。

「あぶないところだったな。今日のところは助かってよかったな。でも、『いらない』なんていわれたくなかったよな。おいらも、こないだキツネの子どもたちに『役立たず』っていわれたから、おまえの気もち、わかるよ」

草は、じょうろの水をあびてキラキラと光っています。カメオはまぶしそうにてっぺんの小さい黄色いつぼみを見上げました。

「おまえ、ザッソウなのか？　それでも花を咲《さ》かせるんだよな。それとも、花が咲《さ》いたらザッソウでなくなるのか？」

背《せ》の高い草はなにも答えてくれないけれど、まっすぐに天に向かって伸《の》びている茶色い茎《くき》は、凛《りん》とした人の姿《すがた》のようでもありました。

カメオは、またのっそりのっそり森へ帰って行きました。名前も知らないあの草がぬかれなくてよかったなあ、と思いながら。

それと同時に、うつくしくもなく歩くのも遅《おそ》くて通行のじゃまにしかならない自分は、やっぱり役立たずなのかなあ、と悲しい気もちになりながら。

次の日も、カメオは目が覚《さ》めるとすぐに桐戸《きりと》さんの家まで出かけて行きました。あの草がどうなったか気になったからです。

それでも、カメオの足ではどんなに急いでも、森のはずれまで来たときにはもうおひさまがすっかり高くなっていました。

桐戸《きりと》さんの家の前まで来ると、ちょうどまた、まあさちゃんとまりあちゃんの姉妹が庭に出てきたところでした。

「ゆっくり来ても、タイミングよかったな」

カメオはちょっとうれしくなりました。ところが、そこへあの黒田くんが通りかかりました。

「あ、桐戸《きりと》まりあだ。こないだなんで宿題見せてくれなかったんだよ！」

「え、だって……」

まりあちゃんがいいかけたとき、お姉さんのまあさちゃんが一歩前に出ました。

「ちょっと。うちの妹になんか文句《もんく》あるの？」

「え、いや……」

たじたじとなった黒田くんの前に、腕組《うでぐ》みをしたまあさちゃんが立ちはだかりました。

「そっちがなくても、こっちがあるのよ。あんた、こないだうちのドアを……」

そのとき、黒田くんがすっとんきょうな声をあげました。

「あっ！　カメだ!!」

「え？」

カメオも「え？」と思いましたが、次の瞬間《しゅんかん》には黒田くんに高々ともち上げられていました。

「ひゃあ！　たすけてくれえ！」

カメオは何十年ぶりかという大声を出しましたが、人間たちの耳には入りません。投げられる！

カメオは観念《かんねん》して目をつぶりましたが、ふと気がつくと、黒田くんが優《やさ》しくこうらをなでてています。

「きれいなこうらだなあ。カメのこうらって、一匹《いっぴき》ずつ模様《もよう》がちがうって知ってた？」

黒田くんがそういうと、まあさちゃんとまりあちゃんも感心したように、のぞきこんできます。

「ほんとだ。すごくきれい」

「どうして、こんなふくざつなもようになるんだろう。不思議《ふしぎ》」

え？　きれい？　おいらのこうらが？

カメオはぽおっとなりました。黒田くんが、そっと地面に置《お》いてくれたのがわかります。

「カメって、すごくゆっくり生きてるんだ。だからその分長生きするんだよ」

黒田くんがそういうと、まりあちゃんはにっこり笑《わら》って、

「そうか。時間の進み方って、それぞれちがうんだね」

といい、それから、ふと思い出したように、つけ加《くわ》えました。

「宿題の答えもそれぞれちがうよね。昨日《きのう》の宿題、『夏休みの予定表づくり』だったでしょ。わたしのを写したら、黒田くん、毎日バレエの練習しなきゃならなくなってたとこだよ」

「えっ⁉　そうだったの？」

黒田くんは目を白黒させました。まりあちゃんもまあさちゃんも大笑《おおわら》いでした。

そこへ、ひいおばあさんが出てきました。

「あら、お友だち？　こんにちは」

それから、腰《こし》をかがめて、いとおしそうに、花だんに咲《さ》いた黄色い花を見つめました。

「あら、オニタビラコだわ。まあ、なんとまっすぐに、おひさまに向かってピンと背筋《せすじ》を伸《の》ばして咲《さ》いていることでしょう。自分が『雑草《ざっそう》』と呼《よ》ばれていることも知らずに、こんなにうつくしく咲《さ》いている姿《すがた》を見ると、『今日は野にあって、明日は炉《ろ》に投げ込《こ》まれる草さえ、神はこのように装《よそお》ってくださる』ということばを思い出すわね」

カメオはとっくに森に向かって歩きはじめていましたが、まだ桐戸《きりと》家の庭からも出ていませんでした。

「神さまは、あと何十年も生きるおいらのことも、装《よそお》ってくれているのかな」

カメオのつぶやきは、人間には聞こえなかったことでしょう。そしてカメオの目にも、手をふってくれている黒田くんの姿《すがた》は、もう目に入っていませんでした。

でも、みぞおちにあったはずの小さい石は、いつのまにかすっかりどこかへ行ってしまったようでした。

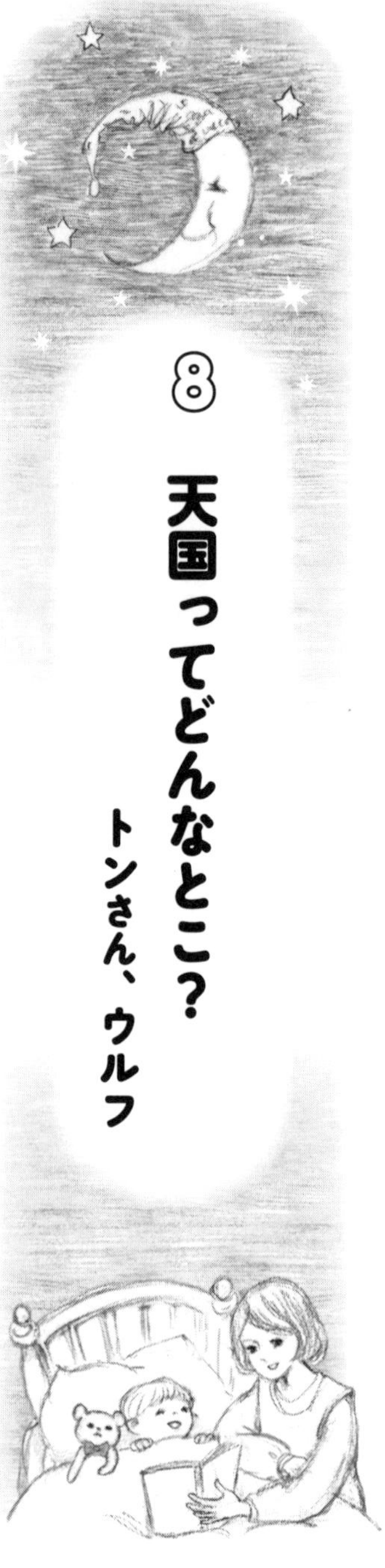

8 天国ってどんなとこ？
トンさん、ウルフ

ブタの親方《おやかた》のトンさんは、れんがを積《つ》み上げて塔《とう》をつくっていました。

そこへ、いじわるなオオカミのウルフが通りかかりました。

「よう、親方《おやかた》、なにをしているんだい？」

トンさんは、手を休めずに答えました。

「見てのとおりだ。高い塔《とう》をつくっているのさ」

「へえ。なんのために？　あんたたちの先祖《せんぞ》のまねかい？」

トンさんの先祖《せんぞ》の三人兄弟は、上のふたりがわらの家と木の家をつくったものの、オオカミに吹《ふ》き飛《と》ばされてしまい、末《すえ》っ子《こ》だけが、れんがのしっかりした家を建《た》てて、飛《と》ばされずにすんだ、といわれています。

「じいさんのじいさんのじいさんのまねをしてる、ってわけかい。ご苦労《くろう》なこったね」

ウルフは憎《にく》まれ口をたたきましたが、トンさんはまったく動じません。

「いいや。わらの家だろうが、木の家だろうが、あんたに吹《ふ》き飛《と》ばされる心配はないからね。おまえさんが吹《ふ》き飛《と》ばせるのは、せいぜいタンポポの綿毛《わたげ》くらいなもんだろうさ」

そういって、トンさんは、黙々《もくもく》とれんがを積《つ》み上げていきます。ウルフはくやしくてたまりません。たしかに、どんなに大きな息で吹《ふ》こうと、トンさんがつくっているれんがの建物《たてもの》をこわすことはできそうにないからです。

「ヘン！　こっちだって、まずそうなブタなんて願《ねが》い下《さ》げだ。それより、そんなものをつくってどうしようっていうんだ？　物見《ものみ》やぐらでもつくろうっていうのか？　でも、どんなに高くつくったところで、森のむこうまで見わたすわけにはいかないぜ。あっちがわには高い山があるからな。せいぜい、こっちのはずれの人間の家の屋根が見える程度《ていど》だろうよ」

森のはずれには、文鳥のブン子ちゃんが住んでいる桐戸《きりと》さんのおうちがありますが、トンさんはとくに興味《きょうみ》はなさそうです。

「べつにそんなものを見るためにつくってるんじゃないよ。わたしは、もっといいものを見ようとしているんだ」

「もっといいものってなんだよ。高いところから見えるものか？」

すると、トンさんは、顔を上げ、胸《むね》をはっていいました。

「そりゃあ、もちろん天国だよ。すばらしいところだ、っていうじゃないか。天国というからには、天にあるわけだろ。そして、だれだって『天』といえば上を指すじゃないか。だから、うんと高い塔《とう》をつくって上のほうに行けば、天国とやらが見えるはずだ。そこは、いいところにちがいないよ。いじわるなオオカミなんかいない、平和でうつくしくて、気もちのいい場所なんだ、きっと」

ウルフは、「いじわるなオオカミ」が自分のことだとわかったので、気を悪くして、もともとがっている口をますますとがらせました。

「あのな、おまえさんのしていることは、まったくのむだだよ、むだ！　天国なんてところはな、れんがを積《つ》んで見に行かれるようなもんじゃないんだ。そもそも、生きてるあいだに見られるもんじゃないんだからな。

せいぜいそうやって、くだらないことに時間をつかってればいいさ。あばよ！」

そういってウルフは走り去って行きました。

「生きてるあいだに見られない？」

トンさんは手を止め、ウルフのうしろ姿《すがた》を見送りながらつぶやきました。

「ほんとうかな。そうだとしたら、れんがを積《つ》んでもほんとにむだってことか。

天国はすばらしいところだと思っていたけれど、生きてるうちに見られないなら、ほんとうにすばらしいかどうかもわからないなあ」

トンさんは、とちゅうまでつくった塔《とう》をしげしげと見つめました。自分でいうのもなんですが、なかなかの出来栄《できば》えです。完成したら、きっとりっぱな塔《とう》になることでしょう。それこそ天まで届《とど》くかもしれません。でも、ウルフのせいで、トンさんはなんだか気もちが暗くなってしまいました。

トンさんは、道具を箱に放り込《こ》むと、森のはずれに向かって、とことこと歩き始めました。ウルフのいうことなんか取るに足らない、としながらも、「塔《とう》ができあがったら見える」といわれた人間の家を、いちど見ておこうと思ったのです。

「塔《とう》を建《た》てても、それしか見えないとして……」

トンさんは考えました。

「それが見る価値《かち》のないものだったら、天国に近づいていても意味はない、っていうことだよな」

それで塔《とう》をつくるのをやめたら、いじわるなオオカミの思うつぼだとわかっているのですが、否定《ひてい》すればするほど、心の中にむくむくと黒雲のように、疑《うたが》う気もちがわいてきてしまいます。気のせいか、空模様《そらもよう》まであやしくなってきた気がします。トンさんは足を速めました。

森のはずれまで来ると、赤い屋根の小さい家が見えてきました。

「あそこがウルフのいっていた人間の家か」

トンさんは、人間の家を見るのは初《はじ》めてでした。先祖《せんぞ》がつくったわらの家よりはしっかりしていそうですが、今つくっているれんがの塔《とう》ほどりっぱではありません。でも、家をかこむ庭には花が咲《さ》き乱《みだ》れ、窓辺《まどべ》にゆれるカーテンはトンさんを手招《てまね》きしているようにも見えます。トンさんは、低《ひく》い木の柵《さく》をまたいで、そっと近づいて行きました。

するとそのとき、窓《まど》にあかりがともり、中から小さい女の子の声が聞こえてきました。

「ねえ、おばあちゃん、天国ってどこにあるの？」

トンさんは、飛《と》び上がりそうになりました。それこそまさに、トンさんが知りたいことです。

トンさんは、窓《まど》の真下まで行き、家にからだをこすりつけるようにして耳をすませました。

別《べつ》の女の子の声も聞こえてきます。

「天国は神さまの国だから、やっぱり天にあるんじゃない？　ねえ、おばあちゃん」

この子は少し年上のようです。

「そうか！　ここはブン子ちゃんが住んでいる家だな。そういえば、女の子がふたりいる、って聞いたことがあるな」

桐戸《きりと》家には、小学生のまりあちゃんと中学生のまあさちゃんという姉妹がいます。

トンさんは、前にブン子ちゃんからその話を聞いたことを思い出しました。今の声は、そのふたりだったのでしょう。

「たしか、ひいおばあさんもいるんだったな。このごろよく来てる、っていってたものな」

トンさんがそう思ったとたん、中から年取った女の人の声が聞こえてきました。

「神さまの国がどこにあるか、場所で示《しめ》すことはできないわね。少なくとも地図にはのっていないのよ。『ここにある』とか、『あそこにある』とかいえるものではないんですからね」

「じゃあ、どこにもないの？」

そういったのは、小さいほうの女の子のようです。トンさんは、ますます家のかべにからだをすりつけました。

「そんなことはありませんよ。神さまの国は――」

ところが、トンさんはかんじんなところを聞くことができませんでした。その瞬《しゅん》間《かん》に空が光り、大音響《だいおんきょう》とともに、いきなり大雨が降《ふ》ってきたからです。トンさんは全身の毛を逆立《さかだ》て、夢中《むちゅう》で森に走って帰りました。

「やれやれ」

家に帰ってずぶぬれのからだを拭《ふ》きながら、トンさんはためいきをつきました。

「天国が空の上にあるとしたら、ずいぶんぶっそうなところなんだな。雷《かみなり》だの大雨だの、なんとまあ、いろんなものを落としてくれるものだ」

次の日は、ぬけるような青空の上天気《じょうてんき》でした。昨日《きのう》の雨でうるおった土の上で花や木があざやかな色にかがやいています。

トンさんが家から出て、つくりかけのれんがの塔《とう》に向かって歩いていると、いじわるなオオカミのウルフが野原にすわって、なにかしている姿《すがた》が見えました。

気づかれないようにうしろから近づいてみると、ウルフはなんとタンポポの綿毛《わたげ》を吹《ふ》いて遊んでいます。トンさんはいつもいじわるされている仕返しに、嫌味《いやみ》のひとつもいってやろうかと思いましたが、ウルフがひとりで綿毛《わたげ》を吹《ふ》いているのを見ると、そっとその場を離《はな》れました。

トンさんの足は、いつのまにか桐戸《きりと》さんの家に向かっていました。ふたりの女の子は天国のありかを聞いたのでしょうか。

桐戸《きりと》さんの家からは、にぎやかに笑《わら》う声や歌う声が聞こえてきました。

トンさんは、窓《まど》わくに前足をかけ、うんと背伸《せの》びをして中をのぞきこみました。ひいおばあさんが、小さなオルガンの前にすわって曲を弾《ひ》いています。それにあわせて、白いおそろいのワンピースを着たまりあちゃんとまあさちゃんが、歌いながら手を取り合って踊《おど》っています。

「天使みたいだ」

トンさんは、しばらくその光景《こうけい》に見とれていました。が、やがて足がしびれてきたので、地面におりてまたとことこと森へ帰って行きました。

帰り道に野原を通りかかると、ウルフがまだ綿毛《わたげ》を飛《と》ばしていました。青空を背《せ》に、次々と舞《ま》いあがっていく白い綿毛《わたげ》もなんだか天使に見えました。

トンさんは、またれんがの塔《とう》をつくりはじめました。

塔《とう》はどんどん高く、りっぱになり、日がたつにつれ、てっぺんを見ると首が痛《いた》くなるようになりました。

塔《とう》が森全体を見わたせるほどまでに高くなったある日、トンさんは仕事の手を止めました。

「これでもう十分だ」

そして塔《とう》からおり、道具をすべてきちんと片《かた》づけ、森じゅうのどうぶつたちに招《しょう》待状《たいじょう》を送りました。

やって来たみんなが、塔《とう》の上から見たものはなんだったでしょう。

夏は青々としたあざやかな緑の森。

秋は金色にかがやく錦《にしき》の森。

冬は雪化粧《ゆきげしょう》をほどこした白い森。

いつもその中で暮《く》らしていた見なれた森は、めぐる季節《きせつ》のたびにちがう装《よそお》いを見せる、このうえなくうつくしい国でした。

そしてまた春がやってきたとき、トンさんは、野原いちめんにタンポポの花が咲《さ》いているのを見つけました。

ある晴れた日、トンさんとウルフはならんで、塔《とう》のてっぺんから下を見下ろしていました。

いじわるなオオカミのウルフは、今日もにくまれ口をきいています。

「こんな役にも立たない塔《とう》なんかつくって、ご苦労《くろう》なこった。ふだんの森と人間の家の屋根しか見えないいじゃないか。天国を見ようなんていうばかげたもくろみは、大はずれだったな」

トンさんは、鼻を鳴らしてニヤッと笑《わら》いました。
「そうでもないさ。なかなかよく見えているよ」

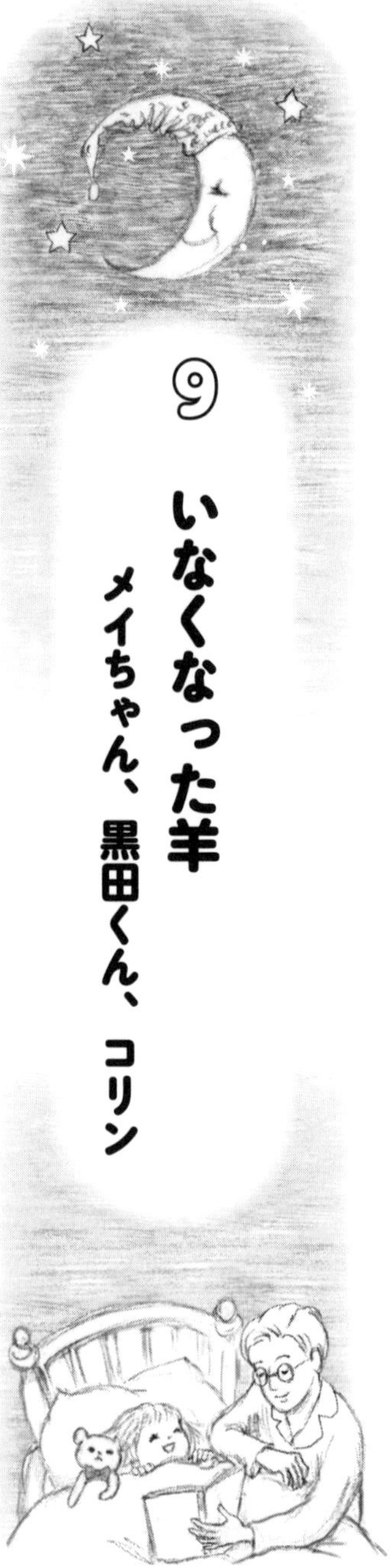

9 いなくなった羊
メイちゃん、黒田くん、コリン

森のはずれの桐戸《きりと》さんのおうちでは、小学生のまりあちゃんが学校から帰ってきたところでした。

「今日、たいへんだったんだよ。黒田くんが教室からいなくなっちゃって」

まりあちゃんがそういうと、先に帰っていた中学生のまあさちゃんが、びっくりして顔をあげました。

「黒田くんって、同じクラスの黒田くん？　授業中《じゅぎょうちゅう》にいなくなっちゃったの？」

「そう。それで、先生が追いかけて行ったんだけど、そしたらほかの子も出て行っちゃって」

「うわあ。先生がいなくなったら中学生でもさわがしいのに。で、黒田くんはどうなったの？　先生が連《つ》れて帰ってきた？」

「ううん。窓《まど》からめずらしい蝶々《ちょうちょう》が見えたから、学校の外まで追っかけて行ったらしいんだけど、見えなくなっちゃったからって、自分でもどってきたの。でも、算数の時間はそれで終わっちゃった」

「めいわくな話ねえ。みんなの勉強が遅《おく》れちゃうじゃないの」

「うん、黒田くん、先生にたっぷりしかられてたよ」

その会話を、窓《まど》の下でこひつじのメイちゃんが聞いていました。

「ほんとに、その黒田くんっていう子、めいわくねえ」

メイちゃんは自分も牧場《ぼくじょう》から勝手に出てきたくせに、怒《おこ》って鼻を鳴らしました。

そして、この話を仲間《なかま》のこひつじたちにしてあげようと、トコトコと帰って行きました。

次の日も、おやつを食べながら、まりあちゃんはその日の学校のことを、お姉さんのまあさちゃんに報告《ほうこく》していました。

「黒田くん、今日もとつぜん教室から出て行っちゃったんだよ」

「またあ？　それで、また先生が追いかけて行ったの？」

「ううん。校庭にいるのがわかってたから、今日は追いかけなかった」

「ふうん。それならクラスの授業《じゅぎょう》は進んだわけね。でも、黒田くんはその分ひとりだけ遅《おく》れちゃうわね」

「そうなの。でも、黒田くん、べつに気にしてなかったみたい」

まりあちゃんがそういうと、まあさちゃんがなにかいう前に、そばにいたひいおばあさんがいいました。

「あらまあ。でも、先生はきっと気にしていたわね」

「そういえば、先生しきりと窓《まど》の外を気にしてた。でも、黒田くん、そこまで考えてなかったと思うなあ。明日学校で会ったらいっとく。算数が遅《おく》れたら黒田くんもこまるし」

その会話を、またこひつじのメイちゃんが窓《まど》の下で聞いていました。メイちゃんは黒田くんの話題が終わると、またトコトコと牧場《ぼくじょう》にもどって行きました。

牧場《ぼくじょう》では、牧羊犬《ぼくようけん》のコリンが入り口のところでメイちゃんを待っていました。

「メイちゃん、どこへ行っていたの？」

コリンに聞かれて、メイちゃんは悪びれることなく、

「人間のおうち」

「森のはずれの桐戸《きりと》さんの家？」

と答えました。

「そう」

「それ以上《いじょう》遠くに行っちゃだめだよ。できたらこの牧場《ぼくじょう》から、ひとりで出ないでほしいな」

「どうして？　わたし、だれにもめいわくかけてないでしょ？」

「それはそうだけど……でも、メイちゃんも、ここにいたほうが安全だよ」

コリンにそういわれて、メイちゃんは、

「わかった」

と答えました。

ところが、次の日になると、メイちゃんはまたひとりで牧場《ぼくじょう》から出てしまいました。

桐戸《きりと》さんの家に行ってみましたが、声は聞こえず、窓《まど》からのぞいてもだれもいません。どうやら、まりあちゃんもまあさちゃんも学校に行っているようです。

そこで、メイちゃんは、まりあちゃんの通っている小学校に向かって歩いて行きました。

とちゅうだれにも会わないまま、メイちゃんは、小学校の校庭のフェンスのところまで来ました。授業中《じゅぎょうちゅう》のようで、校舎《こうしゃ》からときおり歌声や笑《わら》い声が聞こえてくる以外《いがい》は静《しず》かな校庭です。

ところが、すみっこの花だんのところに、男の子がひとりしゃがみこんでいました。真剣《しんけん》な顔で花にとまった蝶《ちょう》を見つめています。

「すごい……ここで会えるなんて！」

男の子はそうつぶやくと、まるで蝶《ちょう》と会話をしているかのように、口の中でぶつぶつなにかいいながら、食い入るようにその蝶《ちょう》を見つめています。

メイちゃんも、フェンスの外からじっとそのようすを見ていました。

そのうち、チャイムが鳴って、校舎《こうしゃ》からガタガタという椅子《いす》を動かす音が聞こえてきたかと

思うと、校庭中にいいにおいがただよってきました。給食《きゅうしょく》の時間が始まったようです。

そのとき、だれもいない校庭を横切って、ひとりの女の子がこちらに向かってきました。桐戸《きりと》さんのおうちのまりあちゃんです。

「黒田くん」

声をかけられても、男の子はふりむきもしません。まりあちゃんは、立ったままその背中《せなか》に向かって話しかけました。

「きれいな蝶《ちょう》。これを見てたの？」

「そう。アサギマダラっていって、ふだんこんなところでは見られないんだ」

「黒田くん、教室の窓《まど》からこの蝶《ちょう》が見えたの？　それで、つかまえに来たの？」

まりあちゃんがそういうと、黒田くんはびっくりしたように顔をあげました。

「つかまえる？　いや、そんなことしないよ。この蝶《ちょう》はこれからどこまでも旅をするんだ。渡《わた》り鳥はたくさんいるけど、渡《わた》り蝶《ちょう》はめずしいんだよ。しかも、海を越《こ》えて外国まで飛《と》んで行ったりするんだ」

それを聞くと、まりあちゃんも黒田くんのとなりにしゃがみこんで、いっしょに蝶《ちょう》を見つめました。

「こういうアザミみたいな花からいっしょうけんめい蜜《みつ》を吸《す》って、長い飛行《ひこう》にそなえているんだ。こんなに近くで見られることなんて、めったにないんだよ」

「へえ。すごいんだね。でも、黒田くん、算数の授業《じゅぎょう》をさぼったら勉強遅《おく》れちゃうよ」

「ぼくの勉強が遅《おく》れたって、だれにもめいわくかけないだろ？」

「だけど、先生が心配するよ。それに、みんなも」

「みんなは、ぼくのことなんて気にしないで勉強すればいいじゃないか」

「でも、給食《きゅうしょく》は？」

「え、給食《きゅうしょく》？」

そのとき、アサギマダラがひらりと花から飛《と》び立ちました。そして、フェンスを越《こ》えると、メイちゃんのせなかにふわりと着地しました。

「あ！」

「あ！　ヒツジ！　こんなところに⁉」

ふたりは口をぱくぱくさせながらこっちを指さしましたが、メイちゃんは蝶《ちょう》をこわがらせたくなくて、じっと立ったままでいました。すると、そこへ男の人が通りかかりました。

「や、こんなところにおいしそうなヒツジがいるぞ。よしよし、ジンギスカンにしてやろう」

「きゃあ！」

立ちあがってさけんだのは、まりあちゃんです。でも、どうすることもできません。メイちゃんが動かずにいたので、男の人はかんたんにメイちゃんをつかまえてしまいました。蝶《ちょう》がまたふわりと飛《と》び立ちました。それを見たメイちゃんは、急に手足をバタバタさせて、あばれはじめました。

「ヒツジさん、逃《に》げて！」

フェンスの中から、まりあちゃんがさけびます。

「そうはさせるか！」

男の人がまたメイちゃんをつかまえようとします。そのときです。

「こっちのせりふだ！」

「うわあ！」

という声がしたかと思うと、牧羊犬《ぼくようけん》のコリンが男の人に飛《と》びかかりました。

男の人はびっくりして、しりもちをつきました。

「メイちゃん、行くよ！」

コリンがそうさけび、二匹《ひき》は疾風《はやて》のように走り出しました。その声は、校庭にいるまりあちゃんにはワン！　ワン！　としか聞こえませんでしたが、牧羊犬《ぼくようけん》とヒツジが走り去り、男の人も逃《に》げてしまうと、まりあちゃんは、ほっとしてその場にへたりこみました。

黒田くんはぽかんとして、そのようすを見ていましたが、アサギマダラがまたフェンスを越《こ》えてこちらがわに飛《と》んできたのに気づくと、吸いつけられたように、その姿《すがた》に見入りました。

そこへ、

「おーい！」

と声がして、先生が走ってきました。

「だいじょうぶか？　変《へん》な人が通りかかったのが見えたから、あわてて走ってきたんだ。ふたりとも、勝手に教室を出ちゃだめじゃないか」

「でも、ぼく、だれにもめいわくなんて……」

かけてない、といいかけた黒田くんが、ふとふりむくと、教室の窓《まど》からクラスのみんなが重なり合うようにしてこちらを見ていました。

「だいじょぶかー」

「給食《きゅうしょく》、食べよー」

みんないっせいに手をふっています。黒田くんはアサギマダラを見て、それからクラスのみんなを見て、それからまたアサギマダラを見ました。蝶《ちょう》はまたふわりと飛《と》び立ち、さようならというように空高く舞《ま》いあがり、やがて見えなくなりました。

牧羊犬《ぼくようけん》のコリンは、メイちゃんを連《つ》れて牧場《ぼくじょう》まで走りながらいいました。

「ヒツジどろぼうがこのあたりをうろうろしている、っていう情報《じょうほう》が入ったから心配して探《さが》しに来たんだ。メイちゃんが無事《ぶじ》でよかったよ」

メイちゃんは、うしろからついて行きながら、申《もう》し訳《わけ》なさそうにいいました。

「めいわくかけてない、って思ってたけど、心配かけてたのね。ごめんなさい、コリン」

「ぼくにあやまらなくていいよ。きみが無事《ぶじ》ならそれでいいんだから。あ、それより、ほら、見てごらん」

牧場《ぼくじょう》では、たくさんのヒツジたちがメイちゃんを待っていました。ふたりの姿《すがた》を見ると、みんながメエメエと喜《よろこ》びの声をあげ、足をならしました。

メイちゃんの白いふわふわの毛が、うれしさでピンク色にそまりました。

「コリン、迎《むか》えに来てくれてありがとう」

コリンの顔もピンク色になりました。


その晩《ばん》、まりあちゃんは、まあさちゃんとひいおばあさんにその日のできごとを全部話しました。

ひいおばあさんは、にこにこしていいました。

「学校の先生も、牧羊犬《ぼくようけん》も、まるで聖書《せいしょ》に出てくる羊飼《ひつじか》いのようだわねえ。百匹《ぴき》のうちの一匹《ぴき》のヒツジが迷《まよ》ったら、残《のこ》りの九十九匹《ひき》を置《お》いて探《さが》しに行く羊飼《ひつじか》いのお話」

それを聞いたまあさちゃんが首をかしげました。

「羊飼《ひつじか》いがいないあいだに、その九十九匹《ひき》がどこかへ行ってしまったら、百匹《ぴき》みんな迷《まよ》うことになるじゃない。それより、勝手に迷った一匹《ぴき》はほっといて、九十九匹《ひき》を守るほうがいいと思うけど」

するとひいおばあさんは静《しず》かにいいました。

「計算上はそうだわね。でも、その九十九匹《ひき》はきっと、かつて探《さが》してもらったことのあるヒツジたちでしょうね。黒田くんはもう二度と先生に心配かけないんじゃないかしら」

窓《まど》の下にメイちゃんはもういません。

コリンのそばで、ぐっすり眠《ねむ》っているからです。

10 ごほうびシール
ブン子ちゃん、すずちゃん、セイコちゃん

森の図書館の勉強会で、ふくろう先生がめずらしく宿題を出しました。

「ようやくすずしくなってきましたね。食欲《しょくよく》の秋、芸術《げいじゅつ》の秋、スポーツの秋、そして学問の秋です。今日はちょうど十月一日。これから一か月、秋のキャンペーンとして、たくさん勉強した人にごほうびをあげましょう。

ほしい人には今日から十月三十日まで、三十日間、毎日一日分の勉強プリントをあげますから、やったら提出《ていしゅつ》してください。一日一枚《まい》シールをあげます。そして十月三十一日を表彰式《ひょうしょうしき》の日としてごほうびを渡《わた》します。がんばってください」

文鳥のブン子ちゃんは、それを聞いて大喜《おおよろこ》びでした。

「わたし、毎日がんばる！　そして三十枚《まい》シールを集めて、ぜったいごほうびもらう！」

きちょうめんなスズメのすずちゃんは、さっそく三十マスのシール表をつくりました。シールをもらえたら、一枚《まい》ずつ貼《は》っていくつもりです。

ブン子ちゃんのおさななじみの、文鳥のブン太がそれを見ていいました。
「それ、ぼくにも作ってくれる？　なにかを集めるのって、楽しいもんな。勉強がゲーム感覚《かんかく》でできそう！　シール表がいっぱいになったら一面クリア、みたいで」
ブン太のことが大好《だいす》きなすずちゃんは、ふたつ返事で引き受け、ついでにブン子ちゃんの分まで作ってくれました。
ほかのみんなも大興奮《だいこうふん》です。そんなに勉強が好《す》きでない、セキセイインコのセイコちゃんまでがはしゃいでいます。

「ごほうびですって！　いいわあ。なんかもらえるんなら、なんでもがんばっちゃう。

家のお手伝《てつだ》いも知らない人への親切も、みんなごほうび制《せい》だといいのになあ。家で毎日お皿洗《あら》いしてもなにももらえないし、こないだは公園の枝《えだ》でおばあさんに席《せき》をゆずったのに当たり前みたいな顔されたし。

がんばってもなにもいいことがないとやる気なくしちゃうけど、ごほうびがあるとわかっていたらはりきっちゃう！」

その日、そこにいた全員がふくろう先生から勉強プリントをもらって帰りました。

あくる日、プリントをもらった子どもたちは、全員がちゃんとやってきて、ふくろう先生に提出《ていしゅつ》しました。

そこへ、前の日にお休みしていたムクドリのむっくんがやってきました。

「おはよう。あれ、みんななにもってるの？」

「みんな宿題をやってきたのよ」

ブン子ちゃんが得意《とくい》そうにいいました。

「へえ。じゃあ、ぼく、昨日《きのう》来なくてよかったな。宿題やらなくてすんだもの」

むっくんがそういうと、セイコちゃんがそれを聞きつけて飛《と》んできました。

「でもね、十月中に宿題をやった日はシールをもらえるし、シールを集めるとさいごの日にごほうびもあるのよ！

むっくんもさっそくプリントをもらってきたら？　二十九日がんばれば、きっといいものもらえるわよ。みんなより一日分少ないから、ごほうびもその分少ないかもしれないけど、たいしたちがいじゃないと思う！」

説得《せっとく》されて、むっくんも勉強キャンペーンに参加《さんか》することにしました。

次の日も、その次の日も、セイコちゃんはあとから来た友だちに勉強キャンペーンのことを教えてあげて、参加《さんか》するようにと誘《さそ》ってあげました。

けれど、十日目になってやっとあらわれたカササギのササキくんには、さすがに声をかけていいものかどうか、セイコちゃんも迷《まよ》ってしまいました。ササキくんも、ほかの子にキャンペーンのことを聞いて、残念《ざんねん》そうな顔をしています。

「ええー。それならもっと早く来ればよかった。今からじゃ遅《おそ》いよね」

そんなササキくんに、すずちゃんは、二十マスのシール表をつくってあげました。

「これなら、とちゅうから始めた感じがしなくていいんじゃない？　いっぱいになったら達成感《たっせいかん》あるでしょ？」

すずちゃんにそういわれて、ササキくんはうれしそうに、にこっと笑《わら》いました。

「ありがとう。じゃあ、今からでもがんばってみるよ」

ササキくんも、ふくろう先生のところにプリントをもらいに行きました。

十月も終わりに近づくと、森の木々も少しずつ紅葉《こうよう》が始まりました。そして、それといっしょに、みんなのシール表もいっぱいに近づいていきました。

「あと一週間でいっぱいになる！」

「もうちょっとだね。ごほうび、なにがもらえるのかなあ」

「うれしいねえ。わたし、新しいぼうしがいいな」

「ぼくは、クルマのおもちゃがほしい」

勉強会のみんなは、まるでクリスマスが来るかのようなはしゃぎようでした。


そしてついに十月二十九日になりました。

「ついにあと一日！」

「今日さいごの宿題をやれば、明日にはシールが三十枚《まい》になって、ごほうびがもらえる！」

みんなもうすでにコンプリートしたかのようなさわぎようです。

そこへ、夏休み以来《いらい》、一度も勉強会に来ていなかったカラスのカー太郎《たろう》が、ふらりとやって来ました。

「あ、カー太郎《たろう》だ」

「今ごろなにしに来たんだ？」

十月中、毎日宿題をがんばっていたみんなは、ひややかな目でカー太郎《たろう》を見ましたが、当のカー太郎《たろう》はどこ吹《ふ》く風です。

「おっ、すごいな。みんな宿題やってるんだ。家に帰ってまで勉強するなんてりっぱだなあ」

カー太郎《たろう》は、ほんとうに感心しているようです。そこへ、ふくろう先生がみんなの分のプリントをかかえて入ってきました。

「それでは、みなさんにさいごの勉強キャンペーンプリントを配ります。ブン子ちゃーん、すずちゃーん、セイコちゃーん……」

「はーい！」

「はーい！」

みんなは呼《よ》ばれた順《じゅん》に、はりきって取りに行きました。さいごに、ふくろう先生は、当たり前のように、

「カー太郎《たろう》くーん」

と呼びました。すると、カー太郎《たろう》も、当然《とうぜん》のような顔で、

「はーい」

といって、プリントを受け取りました。

「あれ、カー太郎《たろう》の分もあるの？」

「キャンペーンに参加《さんか》してないじゃん」

「どうせ、もらったってやらないのに」

あちこちからひそひそ声があがりましたが、ふくろう先生は配り終わると、なにもいわずに教室から出て行きました。カー太郎《たろう》は、うれしそうにプリントをかばんにしまうと、だいじそうにもって帰って行きました。

十月三十日。勉強会の生徒《せいと》は、みな手に手に最終日《さいしゅうび》のプリントをもって集まりました。カラスのカー太郎《たろう》も来ています。

「あれ、カー太郎《たろう》また来てるよ」

「しかも宿題やってきてる」

「どうせ、なんにももらえないのに」

そんなかげぐちの声も、ふくろう先生が入って来るとぴたりと静《しず》まりました。そして、われ先にと自分の宿題を提出《ていしゅつ》すると、シールをもらってとびはねました。

「やった！　コンプリート！」

「明日はごほうびだ！」

十月三十一日。ふくろう先生は、お菓子《かし》がどっさり入った袋《ふくろ》を山のようにもってあらわれました。

「やったね！　ごほうび！」

「すごい！　外国のチョコレートも入ってる！」

ブン子ちゃんもすずちゃんもセイコちゃんも大喜《おおよろこ》びです。

ところが、中には文句《もんく》をいう子もいました。

「なんだ。みんな同じ？」

「とちゅうから始めた子も？」

「しかも、カー太郎《たろう》まで同じだけもらってるわよ！　一日しかやってないのに、不公平《ふこうへい》！」

その子たちは、色とりどりのキャンディーも、きれいな缶《かん》入りのボンボンも、ちっともうれしくなさそうです。

すると、そのとき、ふくろう先生がおだやかにいいました。

「みんな同じで、みんなちがうんじゃよ」

まるで謎《なぞ》かけのようなそのことばに、みんなぽかんとして、だまってしまいました。

その日の午後の帰り道、ブン子ちゃんがカー太郎《たろう》に聞きました。

「ところで、カー太郎《たろう》、今まで勉強会に来てなかったくせに、どうやって宿題やったの？　二ケタのかけ算、ひとりでできたわけ？」

すると、カー太郎《たろう》はきょとんとしていいました。

「え、かけ算なんてできないよ。おれの宿題はたし算だけだったからね。でも、あれならおれにもできるから、今日も宿題ももらったんだ。キャンペーンは終わったけど、ふくろう先生、これからも毎日宿題くれるって」

それを聞いたすずちゃんが、ふしぎそうにいいました。

「あら、わたしの宿題は毎日漢字だったわ。おかげで、今まで書けなかった字がたくさん書けるようになったのよ」

文鳥のブン太もいいました。

「ぼくのは、分数計算だった。やっと通分《つうぶん》と約分《やくぶん》の区別がつくようになったよ」

みんなは顔を見合わせました。

「みんな、ちがうプリントだったんだ」

「でも、みんながんばったから、同じごほうびがもらえたのね」

「だから『みんな同じで、みんなちがう』んだ」


十一月。キャンペーンが終わった勉強会は、もとの落ち着きを取りもどしました。

でも、みんな今まで以上《いじょう》に、熱心《ねっしん》にえんぴつを走らせています。

ひとりひとりのために、ふくろう先生が作ってくれた特別《とくべつ》の宿題をがんばったおかげで、それぞれが苦手を克服《こくふく》し、勉強が楽しくなっていたのです。


ブン子ちゃんも、今まで見るのもいやだったかけ算ができるようになって、ウキウキしています。

人間の桐戸《きりと》さんの家に住んでいるブン子ちゃんは、小学生のまりあちゃんや中学生のまあさちゃんに、そのことをいいたくてうずうずしています。でも、ふたりにはブン子ちゃんの言葉は「ピィピィ」としか聞こえません。

そこへ、まりあちゃんの同級生の黒田くんがやってきました。

「桐戸《きりと》さん、宿題手伝《てつだ》って。ぼく、夏休みの計算ドリル全然《ぜんぜん》やらなかったから、担任《たんにん》の三上先生がその分を今やりなさいって、罰《ばつ》として毎日ぼくだけとくべつに宿題出されることになっちゃったんだよ」

横で聞いていたまあさちゃんが、あきれたようにいいました。

「まあ。罰《ばつ》なら自分で受けなきゃだめじゃない。どうしてうちのまりあが手伝《てつだ》わなきゃいけないのよ」

すると、黒田くんはくちびるをつき出していいました。

「だって、めんどくさいんだもの。ぼくより桐戸《きりと》さんがやるほうが十倍くらい早いから、やってくれたらお菓子《かし》をあげようと思って」

そのとき、黒田くんの耳元で、ピィピィというさわがしい小鳥の声がしました。

「うわ、なんだ、この文鳥！　びっくりしたぁ」

あわてた黒田くんを見て、まりあちゃんもまあさちゃんも大笑《おおわら》いしました。そのとき、奥《おく》から出てきたひいおばあさんがいいました。

「毎日とくべつな宿題を出してもらえるなんて、幸せねえ。それは罰《ばつ》ではなくて、先生からの贈《おく》りものですよ」

またピィピィという声がしました。ブン子ちゃんが、

「ほんとのごほうびは、毎日の勉強プリントのことだったんだ！」

と、さけんでいる声でした。

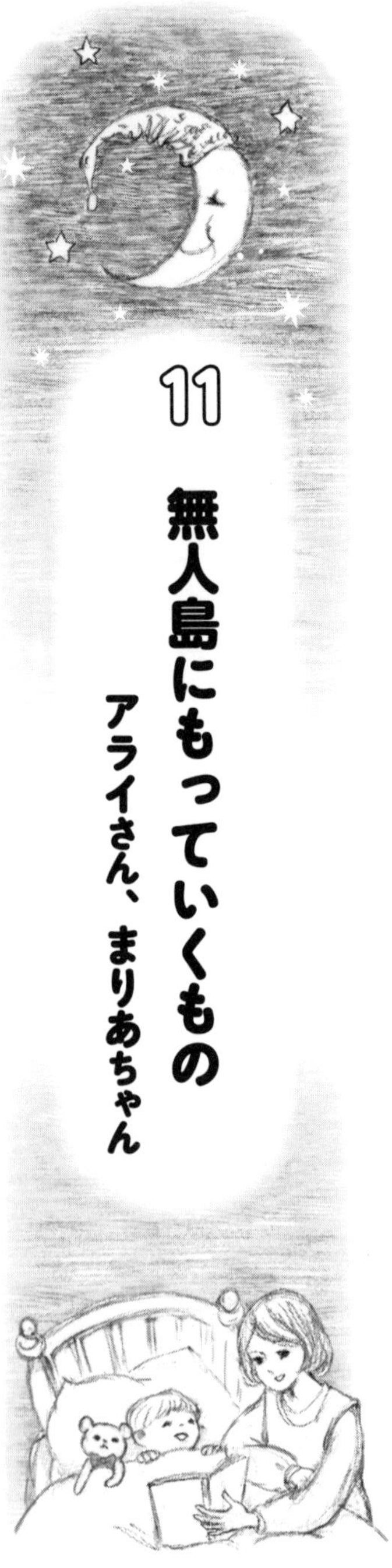

11 無人島にもっていくもの

アライさん、まりあちゃん

森のはずれの桐戸《きりと》さんのおうちに、小学生のまりあちゃんが傘《かさ》の絵をもって学校から帰ってきました。

先に帰っていた中学生のまあさちゃんが聞きました。

「どうして傘《かさ》なんて描《か》いたの？」

「今日、図工の時間に『無人島《むじんとう》にもっていくもののひとつ』描《か》きましょうって、先生がいったから」

まりあちゃんがいうと、まあさちゃんはあきれたように肩《かた》をすくめました。

「無人島《むじんとう》に傘《かさ》だけもって行っても、なんにもならないと思うけど」

その会話が、たまたま通りかかったアライグマのアライさんの耳に入りました。

「なんとまあ、おろかなことを。無人島《むじんとう》に行くのに傘《かさ》一本だなんて」

アライさんは、やれやれ、というように頭をふりながら通り過ぎて行きました。


それから数日たったある日のことです。

とつぜん大きな音がしたかと思うと、地面がゆれました。

「じ、地震《じしん》!?」

森のどうぶつたちが、いっせいに広場に逃《に》げ込《こ》んできました。アライさんも、着のみ着のまま家から飛《と》び出しました。

しばらくしてゆれが落ち着くと、森の図書館のふくろう先生や農場主の熊五郎《くまごろう》さんがみんなを集め、まとまって避難所《ひなんじょ》に行くことにしよう、と話をしました。

ところが、いざ出発しようというときに、アライさんは行くのをしぶり始めました。

「わたしは家に帰ります。まくらが変《か》わると眠《ねむ》れないし……」

みんながいくら説得《せっとく》しても、アライさんはいうことをききません。そのあいだにも何度も地面がゆれて、タヌキやキツネの子どもたちがこわがって泣《な》き出しました。

そのとき、もう一度激《はげ》しいゆれが森の地面をおそいました。

「きゃっ！」

アライさんは、思わず頭をかかえてすわりこみました。ふくろう先生が、

「アライさん、急ぎましょう！　ここにいたらあぶないです」

というと、アライさんはようやく立って、避難所《ひなんじょ》に向かって走り出したのでした。

その日の地震《じしん》はしばらくするとおさまりました。避難所《ひなんじょ》に来たどうぶつたちも、三々五々《さんさんごご》自分の家に帰って行きました。

でも、心配性《しんぱいしょう》のアライグマのアライさんは、家に帰ってもなんだか落ち着きません。

「次になにかあったときにこまらないように」

と、防災袋《ぼうさいぶくろ》を作り始めました。非常食《ひじょうしょく》やお水、懐中電灯《かいちゅうでんとう》におなかの薬。タオルやスリッパも必要《ひつよう》です。もちろん、まくらももって行かなくてはなりません。でも、リュックサックにまくらを押《お》し込《こ》んだら、ほかのものがなにも入らなくなりました。そこで、ひとまわり大きなリュックサックを買いましたが、それでもなんだか心配です。まくらがあっても眠《ねむ》れないかもしれません。いざとなったら、ふとんももち出したほうがいいでしょうか。いろいろ考えたらまた眠《ねむ》れなくなり、目のまわりにクマができて、もともと黒かったところが、もっと真っ黒になってしまいました。

そんなある日、アライさんは、また桐戸《きりと》さんの家の前を通りかかりました。窓《まど》が開いているので、家の中の会話が聞こえてきます。どうやら、まりあちゃんのクラスで「無人島《むじんとう》にひとつだけもっていくものの絵」の発表会があるようです。お姉さんのまあさちゃんが、心配してあれこれアドバイスしています。

「やっぱり傘《かさ》の絵を描くの？」

「うん、雨のとき以外《いがい》も便利でしょ。晴れて暑いときは日傘《ひがさ》になるし、閉《と》じたら、もち手のところで木の高いところのくだものとかも取れそうだし。さかさまにしたら、水もくめそうじゃない？　傘《かさ》なんだから、水がもれないようにできてるわけだし」

ほう、なるほど。アライさんは、窓《まど》の下まで行って耳をそばだてました。避難《ひなん》する時のもち物の参考《さんこう》になるかもしれません。

「うーん。でも、ポケットナイフとかのほうがよくない？　くだものの皮をむいたり、魚を料理《りょうり》したりできそうだし」

「そうかあ」

「あと、ロープとかもいいかもよ。結《むす》び方ひとつでいろんな使い方ができるもの」

アライさんは、ポケットから手帳を出してメモを取り始めました。傘《かさ》にポケットナイフにロープ……まだあるのかな、と、家のかべにからだをすりよせます。そこへ、この家のひいおばあさんが入って来る気配がしました。

「あ、おばあちゃん、まりあがね、学校の図工で『無人島《むじんとう》にひとつだけもって行くもの』の絵を描《か》くんだって。おばあちゃんだったらなにをもって行く？」

まあさちゃんが聞くと、まりあちゃんも続《つづ》けていいました。

「傘《かさ》をもって行ったら便利《べんり》だと思ったんだけど、ナイフやロープもいるみたいだし。いろいろありすぎて、どれかひとつを選《えら》ぶのってたいへん」

「あら、まあ、まあ」

ひいおばあさんは、クスクスと笑《わら》いました。

「わたしだったら、きっとこれをもって行くわね。何度読み返しても、もういい、ということはないし、無人島《むじんとう》でひとりぼっちで、どうせ長く生きられないなら、さいごに読むのもまたいいし」

アライさんは首を伸《の》ばして窓《まど》の中をのぞきこみました。ひいおばあさんは、手に一冊《さつ》の本をもっています。革《かわ》の表紙のようですが、年季《ねんき》が入って、角のところがすり切れています。でも、そのほかのところは読み込《こ》んだあとが黒光りしていて、かえって重々しく見えます。

けれども、アライさんはがっかりでした。人生経験《けいけん》を積《つ》んだおとななら、もっといいものを知っているはずだと思ったのに。無人島《むじんとう》にただの本をもって行くくらいなら、まくらのほうがよっぽどましです。

アライさんは、これ以上《いじょう》ここにいてもしかたないので、早く家に帰って防災袋《ぼうさいぶくろ》に傘《かさ》とナイフとロープを入れよう、と、すたこら帰って行きました。

次の日、また地震《じしん》がありました。このあいだ大きな地震《じしん》があったばかりなので、森のどうぶつたちはいっせいにとび出してきて、まっすぐ避難所《ひなんじょ》へと向かいました。ところが、アライさんは家から出られずにもたもたしています。防災袋《ぼうさいぶくろ》が大きすぎてドアをぬけられないのです。

どうぶつたちが、次々とアライさんの横をかけぬけながら、

「早く逃《に》げろ！」

と声をかけていきます。でも、だれも手伝《てつだ》ってはくれません。アライさんは目のまわり以外《いがい》を真っ赤にして、うんうんと防災袋《ぼうさいぶくろ》を引《ひ》っ張《ぱ》り出そうとしました。そして、さいごに渾身《こんしん》の力で思いっきり袋《ふくろ》の口を引いたとたん、バキバキ！　とおそろしい音がして目の前が真っ暗になり、同時に、ふわりとからだが宙《ちゅう》に浮《う》きました。

「ああ、死ぬんだ……いや、もう死んだのか……？」

アライさんは、遠のく意識《いしき》の中でそう思いました。きっと森のむこうの火山が爆《ばく》発《はつ》したにちがいありません。アライさんは暗やみの中をふわふわと浮《う》きながら、これから天国に行くなら、もうまくらもふとんもいらないな、と思いました。

気がつくと、アライさんは避難所《ひなんじょ》で横になっていました。あかちゃんを背中《せなか》にお

ぶったタヌキのポン子さんが、心配そうにのぞきこんでいます。

「アライさん、だいじょうぶ?」

あれ、ここは天国じゃないのか? と、アライさんが上半身だけ起き上がると、ポン子さんが熱《あつ》いお茶をいれて差《さ》し出してくれました。

「アライさん、おうちが崩《くず》れて下じきになるところだったのよ。ふくろう先生が熊五郎《くまごろう》さんに知らせて、熊五郎《くまごろう》さんがアライさんを抱《だ》いて、ここまで連《つ》れて来てくれたの。

地震《じしん》はすぐにおさまったんだけど、アライさん、まる一日、目を覚《さ》まさずによく眠《ねむ》っていたから、わたしたち、ここで起きるのを待っていたのよ。どっちみち、お宅《たく》はつぶれちゃったから、しばらくここにいるといいわ。それにしても、そこまで大きな地震《じしん》じゃなかったのに、どうしてこわれちゃったのかしらね、アライさんのおうち」

アライさんは、ぼんやりした頭で思い出しました。地震《じしん》のせいではありません。

大きすぎる防災袋《ぼうさいぶくろ》をむりやり引っぱり出そうとしたので、家が倒《たお》れてしまったのです。からだが宙《ちゅう》に浮《う》いたと思ったのは、家の下じきになる前に、熊五郎《くまごろう》さんが抱《だ》き上げてくれたからでした。

「それにしても……」

自分の家でもよく眠《ねむ》れないアライさんが、どうしてこの避難所《ひなんじょ》で、ぐっすり眠《ねむ》ることができたのでしょう。まくらもふとんももって来られなかったのに。

そう思って部屋の中を見まわすと、すみっこではキツネのコンタがまるまって本を読んでいるし、まん中では熊五郎《くまごろう》さんがどっかりとすわって、にこにこしながらこちらを見ています。

からっぽの本棚《ほんだな》が、急ごしらえの五段ベッドになっていて、たまごをかかえたスッポンの夫婦《ふうふ》やヘビのシュウタ、カメのカメオたちが、それぞれの段《だん》の中でくつろいでいます。その本棚《ほんだな》の上では、小鳥たちがちょこまか飛びはねながら遊んでいますが、下にいる「住人」たちは、だれも文句《もんく》をいいません。

森の避難所《ひなんじょ》は、仮《かり》のすみかと思えないほど、なごやかで温かい雰囲気《ふんいき》でした。もしかしたら、やっぱりここは天国なのかもしれないな、と、アライさんは思いました。

一週間後。

アライさんはつぶれた家を建《た》て直し、避難所《ひなんじょ》で過《す》ごしていたみんなもそれぞれの場所にもどって行き、森は日常《にちじょう》を取りもどしました。

そんなある日、アライさんは、また森のはずれの桐戸《きりと》さんの家の前を通りかかりました。中から人間の姉妹の声が聞こえてきます。

「結局《けっきょく》、傘《かさ》にしちゃったの？　無人島《むじんとう》にもっていくもの」

そういったのは姉のまあさちゃんです。

「そう。だって、ポケットナイフは黒田くんが描《か》いてたし、ロープもほかの人が描《か》いてたから。マッチも、懐中電灯《かいちゅうでんとう》も、だれかが描《か》いてたからいいかな、って」

まりあちゃんがうれしそうに答えています。

「ほかの人がもっていても、自分がもってなかったら、なんにもならないじゃない」

まあさちゃんがいうと、まりあちゃんは、きょとんとしたように、

「え、だって、みんなで行けば貸《か》してもらえるでしょ」

といいました。まあさちゃんが笑い出しました。

「ばかねえ、みんなで行ったら『無人島《むじんとう》』じゃなくなっちゃうじゃない」

「あ、そうかあ」

アライさんがひょい、と窓《まど》からのぞくと、ふたりのそばでひいおばあさんもにこにこしています。

「そうね。ひとりひとりが、ほかの人がもっていない大切なものをもっていて、それを分け合って助け合ったら、『無人島《むじんとう》』じゃなくて『天国』になるわね。わたしたちの、この世界と同じ。『神さまの国』だわね」

12 森のクリスマス

ナカイくん

森のはずれの桐戸《きりと》さんのおうちでは、小学生のまりあちゃんと中学生のまあさちゃんが、楽しそうにクリスマスの飾《かざ》りつけをしています。

「もみの木、ずいぶん大きくなったね」

「そうだね。あっというまに大きくなるね」

ふたりはそんな話をしながら、鉢植《はちうえ》えのもみの木にオーナメントをつるしています。

その姿《すがた》を、窓《まど》から一匹《ぴき》の若《わか》いトナカイのナカイくんが見ていました。最近《さいきん》この森に来たばかりで、人間の暮《く》らしがめずらしいのです。

「木の枝《えだ》にいろんなものをぶらさげて、なにが楽しいのかなあ。人間っておもしろいなあ」

しばらく飽《あ》きずにながめていましたが、やがてふたりが夕ご飯《はん》に呼《よ》ばれて姿《すがた》が見えなくなると、ナカイくんもとことこと歩いて森に帰って行きました。

ナカイくんの家のまわりにも、もみの木がたくさん生えています。ナカイくんは、桐戸《きりと》さんのおうちのことを思い出して、自分もなにか飾《かざ》ってみようかな、と思い立ちました。

家のすぐそばにある一本の木に、リボンやら松《まつ》ぼっくりやらをかけてみると、われながら、なかなかいい感じです。通りかかった森のどうぶつたちもほめてくれます。

「かわいいツリーねえ。もうすぐクリスマスですものねえ」

ウサギの姉妹のウサ子ちゃんとピョンちゃんが、目をきらきらさせていいました。

「え、クリスマス？　クリスマスってなに？」

ナカイくんが聞くと、姉妹はびっくりしたように、ルビーのような赤いひとみを見開きました。

「え、ナカイくん、クリスマス知らないの？」

「びっくり。クリスマスなしでどうやって暮《く》らしてるの？　ぜんぜん楽しくないじゃない」

そういわれて、こんどはナカイくんがびっくりする番です。

「え、楽しくないってなにが？　ぼく、そんなものがなくても毎日楽しいけど」

ウサ子ちゃんとピョンちゃんは顔を見合わせました。

「ナカイくん、今までどこでだれと暮《く》らしていたの？」

「ぼく？　ぼくは荒野《あれの》にひとりでいたのさ。でも、宅配便《たくはいびん》を配る仕事があると聞いたから、この森に来たんだよ」

「だれから聞いたの？」

「ふくろう先生だよ。用事でどこかに行くとき、空からぼくを見つけて、おりてきて話しかけてくれたんだ」

「そうかあ。じゃあ、ともかく今年からはいっしょにクリスマスをお祝《いわ》いしましょ。ふくろう先生がみんなのためにお祈《いの》りしてくれるし、農場の熊五郎《くまごろう》さんがたくさんシチューを作ってごちそうしてくれるのよ。プレゼントだってもらえるんだから」

「え、ごちそうに、プレゼント？」

ナカイくんは、クリスマスやお祈《いの》りのことはさっぱりわからないけれど、ごちそうやプレゼントがあると聞いてうれしくなりました。

それから何日かしたある日、ナカイくんが仕事から帰ると、家の前でカメのカメオが待っていました。

「あれ、カメオくん、どうしたの？」

「ふくろう先生からの手紙を届《とど》けに来たんだよ。クリスマスのことを知りたい人は、おはなし会に来てくださいって」

「ふうん」

手紙を見ると、おはなし会の日付《ひづけ》は今日になっています。

「このお手紙、いつ渡《わた》されたの？」

「三日前」

「なんか、今から行っても、まにあわないみたい」

「ありゃ。悪いことしたなあ」

「いいよ、いいよ。三日もかけて来てくれてありがとう」

そこへ子ヤギのメリーちゃんが通りかかりました。

「あら、すてきなお手紙」

メリーちゃんがそういうので、ナカイくんは見せてあげようと、手紙を渡《わた》しました。するとメリーちゃんは、あっというまに食べてしまいました。

「あ、食べちゃったの?」

「あら、ごめんなさい。とってもおなかがすいていたものだから」

「いいよ、いいよ。どっちみち、もう間に合わないし。それよりカメオくん、これから帰るんだったらそりに乗せてあげるよ。これからもう一回宅配便《たくはいびん》の荷物を配達《はいたつ》するから、そのついでに」

「そうかい。助かるなあ」

カメオはナカイくんが引《ひ》っ張《ぱ》るそりに乗って、家まで送ってもらいました。

それから二週間後のある日。

前の日から降《ふ》った雪がつもって、森は真っ白になりました。

おひさまの光が、雪の上でキラキラときらめいています。

「うわあ、きれいだなあ。荒野《あれの》では一度も見たことのないけしきだ」

ナカイくんは、まぶしそうに目を細めました。

その日は特別《とくべつ》に宅配便《たくはいびん》の仕事の多い日でした。ナカイくんは、朝からたくさんの荷物をそりにつめこんでは、森のあちこちに配達《はいたつ》に行きました。

さいごの荷物も、そりからあふれるほどいっぱいでした。ずいぶんたくさんの荷物ですが、どれも宛先《あてさき》は同じ。森の図書館です。新しい本でもまとめて注文したのでしょうか。

でも、ナカイくんは荷物の中身にきょうみはありません。きめられた日までに、正しい宛先《あてさき》にきちんと配ることで頭がいっぱいです。ナカイくんは、この仕事にほこりと喜《よろこ》びを感じていました。荒野《あれの》でひとりぼっちでいたときは、ただ太陽が昇《のぼ》って沈《しず》むのを見ているだけでした。

でも、今では毎日することがあるし、ナカイくんの仕事を喜《よろこ》んでくれる人たちもいます。「ありがとう」「お疲《つか》れさま」といってもらうと、その日の疲《つか》れも吹《ふ》き飛《と》ぶ気がします。

もちろん、あたりまえのような顔をして受け取られたり、時には「遅《おそ》かったじゃないの」と文句《もんく》をいわれたりすることもあります。でも、だれとも口をきかずに、さびしく暮《く》らしていたことを思えば、だれかのために荷物を運ぶことは、見知らぬだれかとだれかをつないであげている気がして、とても楽しいのでした。


今日もナカイくんは、そりいっぱいの荷物を、ひとつひとつていねいに配って歩きました。そして、さいごの届《とど》け先《さき》、森の図書館に向かいました。すると建物《たてもの》がいつも以上《いじょう》に明るくかがやいていて、遠くからでもわかるほどにぎやかな声がします。

近づいて行くと、桐戸《きりと》さんのおうちのような、きれいな飾《かざ》り付《つ》けがしてあって、そこに森の住人たちが集まっています。シチューのようなおいしそうなにおいもします。

そりを玄関《げんかん》ホールの前につけると、中からうさぎの姉妹、ウサ子ちゃんとピョンちゃんがとび出してきました。

「わあ！　ナカイくん、やっぱり来てくれたのね！」

「あの招待状《しょうたいじょう》、わたしたちが書いたのよ。じょうずだったでしょう？」

ナカイくんは、きょとんとして目を見開きました。

「え、ぼくは今日、仕事で来たんだよ。ほら、こんなにたくさんの荷物、ぜんぶここ宛《あ》てのものなんだ」

「え、じゃあ、招待状《しょうたいじょう》見てないの？　ふくろう先生からのお手紙に入ってたでしょ？」

「お手紙……？」

すると、うしろから来た子ヤギのメリーちゃんが、申《もう》し訳《わけ》なさそうにいいました。

「もしかしたら、わたしが食べちゃったかも……」

ウサ子ちゃんが、ええっ？　という顔でふりむいたので、ナカイくんはあわてていいました。

「いいんだよ、ぼくが渡《わた》したんだから。でも、なんの招待状《しょうたいじょう》だったの？」

すると、ピョンちゃんがピョンピョンはねながらいいました。

「もちろん、今日のクリスマスのお祝《いわ》いよ！　ほら、みんな呼《よ》ばれて来てるのよ。ナカイくんも入って、入って！」

「え……クリスマスって？」

ナカイくんがとまどったようにいうと、ウサ子ちゃんがぱっと顔をかがやかせていいました。

「救《すく》い主《ぬし》がおうまれになった日よ。クリスマスは、神さまの御子《みこ》のお誕生日《たんじょうび》！」

「ええ、そうだったの？　でも、ぼく……」

ナカイくんがさいごまでいわないうちに、ピョンちゃんも大はしゃぎでいいました。

「ナカイくんも呼ばれてるのよ！　わたしたちが書いた招待状《しょうたいじょう》があったんだも

12　森のクリスマス

の！」

「ちょ、ちょっと待って。でも、ぼく、今日お仕事がたくさんあるんだ」

ナカイくんは、そういって、そりからたくさんの荷物をおろしはじめました。

「わあ！　これ、みんな、森の子どもたちへのクリスマスプレゼントよ！　みんな、出て来て！」

ウサ子ちゃんとピョンちゃんの声に、中から子どもたちがいっせいに飛《と》び出してきました。

「うわあ、ぼくのだ！　山のおばあちゃんから！」

「わたしのところにも！　親せきのおじさんたちから！」

みんな、てんでに自分のプレゼントを受け取ったので、そりはあっというまにからっぽになりました。

「さあ、これでお仕事終わったでしょ。中に入ってふくろう先生からお菓子《かし》をもらいましょ」

ウサギの姉妹がそういってナカイくんを誘《さそ》いましたが、ナカイくんは首を横にふりました。

「ざんねんだけど、まだひとつ残っているから、これを配達《はいたつ》しなきゃならないんだ」

「え、どこまで？」

「よくわからないんだよ。ほら、宛先《あてさき》も差出人《さしだしにん》も書いてないんだ。これから調べて、この荷物をもらう人を探《さが》さなきゃならないんだよ」

するとウサ子ちゃんとピョンちゃんが急に笑《わら》い出しました。

「やだあ、それ、わたしたちからナカイくんへのプレゼントよ！」

「えっ？　ぼくへの？」

ナカイくんはびっくりして目をぱちぱちさせました。

「そうよ。雪が降《ふ》った日に届《とど》けに行ったのに、お留守《るす》だったからおうちの前に置いてきたの。ナカイくん、お仕事の荷物の中に入れちゃったのね」

「そうだったのかあ。ぼくにもプレゼントがあったんだね！　うれしいな。どうもありがとう。でも、どうしてプレゼントをもらえるの？　クリスマスって、神さまの子のお誕生日《たんじょうび》なんでしょ？　じゃあ、ぼくがその子にプレゼントしなきゃいけないんじゃない？」

するとウサ子ちゃんと、ピョンちゃんは、顔を見合わせました。ほかのみんなも首をかしげています。

「そういえば、そうねえ」

「どうしてプレゼントをもらえるのかなあ」

すると、いつのまにかみんなのうしろに来ていたふくろう先生がいいました。

『だれかを喜《よろこ》ばせたい』という気もちと、『喜《よろこ》ばせてもらった』という感謝《かんしゃ》の心が、神の御子《みこ》へのプレゼントなんじゃよ。みんながなかよく、愛《あい》し合うことが、神と御子《みこ》への最高《さいこう》の贈《おく》り物なんじゃ。みんなが幸せな気もちになることが、クリスマスのお祝《いわ》いなんじゃよ」

「そうなんですね」

ナカイくんは、からっぽになったそりをふり返り、手の中のプレゼントをじっとながめ、それからみんなの顔を見わたしました。

「じゃあ、この森は毎日がクリスマスなんですね」

ふくろう先生がにっこり笑《わら》ってうなずきました。

森のみんなも、笑顔《えがお》でいっぱいになりました。

（おわり）

著者

小松原宏子（こまつばら・ひろこ）

児童文学作家・翻訳家
東京生まれ。青山学院大学文学部英米文学科卒。
多摩大学講師、大妻中学高等学校講師。自宅で家庭文庫「ロールパン文庫」を主宰。
第13回小川未明文学賞優秀賞受賞。日本基督教団武蔵野教会会員。
〔著作〕
創作：『いい夢ひとつおあずかり』（くもん出版）、『ホテルやまのなか小学校』（PHP研究所）、『クリスマス児童劇セレクション』（いのちのことば社）など。
翻訳：『スヌーピーといつもいっしょに』（学研プラス）、「ひかりではっけん ！シリーズ」（くもん出版）、『不思議の国のアリス＆鏡の国のアリス』（静山社）など。

親子で楽しむ
ベッドタイム・ストーリー

2023年1月20日　発行

著　者　　小松原宏子
装丁・挿画　　Yoshida grafica 吉田ようこ
印刷製本　　日本ハイコム株式会社
発　行　　いのちのことば社〈フォレストブックス〉
〒164-0001 東京都中野区中野2-1-5
電話　03-5341-6924（編集）
03-5341-6920（営業）
FAX 03-5341-6932
e-mail:support@wlpm.or.jp
http://www.wlpm.or.jp/

ISBN 978-4-264-04404-8

もりの
としょかん